Ellinor Boberg

Danz op de *Deel*

Geschichten in Plattdüütsch

Alle plattdeutschen Geschichten wurden
in Hochdeutsch gegenübergestellt

Handlungen und Personen sind frei erfunden,
eventuelle Übereinstimmungen mit Personen
sind rein zufällig.

Die Autorin

Ellinor Boberg, Jahrgang 1934, geboren in Holßel, Altkreis Wesermünde, ist verheiratet und hat einen Sohn. Sie lebt seit 1971 in Stade und war bis zu ihrem 60. Lebensjahr als Büroangestellte tätig.
Sie schreibt Kurzgeschichten und Gedichte und widmet sich der plattdeutschen Sprache.
Sie beteiligt sich regelmäßig an Literaturwettbewerben.

Impressum

Herausgeber:
Alle Rechte vorbehalten
© 2012 Ellinor Boberg
Covergestaltung und Foto: Oliver Boberg

Herstellung und Verlag:
Books on Demand GmbH, Norderstedt
ISBN 978-3-8482-0460-1

Bestellungen und Bezug im Buchhandel
und über die Autorin
E-mail: ellinorboberg@email.de
www.ellinorboberg.de

Inhalt

Ihr könnt mich mal

Anni und Lisa wundern sich schon lange über die Art und Weise, wie ihre Freundin Tille sich verändert hat, wie sie mit ihnen umgeht, seit sie Witwe ist.

Lisa ereifert sich und sagt: „Als Karl noch lebte, war sie nicht so. Sie ist eine Lügnerin geworden. Sie erzählt anderen Leuten Unwahrheiten. Mimi hat sie erzählt, dass sie ab jetzt jeden Montag um zehn Uhr mit ihrer neuen Nachbarin in der Stadt zur Wassergymnastik geht. Das ist gewiss nicht wahr, sie kann ja gar nicht schwimmen."

Anni meint darauf voller Klugheit: „Das muss man wohl allemal ihrem Alter zuschreiben. Dass Karl nicht mehr da ist, hat sie ziemlich mitgenommen, so schlimm, dass sich ihr Gehirn dermaßen verändert hat, dass das in Krankheit ausartet. Nun kann sie Traum und Wirklichkeit nicht mehr auseinander halten."

Lisa schludert weiter: „Sie sieht sich in einer ganz anderen Welt, hält die Nase ziemlich hoch und wackelt durch die Straßen wie verrückt. Wenn sie einen Biddelbaum im Hintern hätte, würde sie überall die Fensterscheiben einschlagen. Manch einer im Dorf veräppelt sie und manch einer bedauert sie auch."

Tille steht nun unter dauernder Beobachtung, hauptsächlich von Anni und Lisa.

Ji köönt mi mool

Anni un Lisa wunnert sik al lang över de Oort un Wies, wie jümehr Fründin Tille sik verännert hett, wie se mit jüm umgeiht, siet se Weetfroo is.

Lisa ereifert sik un seggt: „As Korl noch leven dä, wöör se nich so. Se is 'n Lögner worrn. Se vertellt anner Lüüd Unwohrheiten. Mimi hett se vertellt, dat se af nu jeden Mondag Klock teihn mit ehre neege Nobersfroo inne Stadt no Wotergymnastik geiht. Dat is för wiss nich wohr, se kann jo gor nich schwimmen."

Anni meent dorop vuller Klookheit: „Dat mutt 'n wull allemool ehr Oller toschrieven. Dat Korl nich meer dor is, hett ehr teemlich mitnohmen, so dull, dat sik ehr Brägenkassen sodennich verännert hett, liekers dat in Krankheit utoort. Nu kann se Droom un Würklichkeit nich meer utnanner holen."

Lisa schludert wieder: „Se süht sik nu in eene ganz annere Welt, hollt de Nääs teemlich hoch un wackelt dör de Strooten as dull. Wenn se 'n Biddelboom in Moors harr, schloog se allerwegens de Finsterschieven in. Mennicheen in 't Dorp veräppelt ehr und welk beduurt ehr ook."

Tille steiht nu unner duuernde Beobachtung, tomeerst vun Anni un Lisa.

Sie machen sich ernsthaft Sorgen und meinen, sie müssen sich mehr um sie kümmern, weil sie sonst vom Weg abkommt.

Karl hat Tille überall eingeengt. Sie durfte nichts für sich alleine machen und nichts verändern. Karl hatte das Sagen, er bestimmte, was gemacht wurde und was nicht. Um Frieden zu haben, hat Tille sich angepasst. Das fiel ihr oftmals schwer, aber sie ließ sich nichts anmerken. Sie war oft in Gedanken versunken und malte sich aus, wie es wohl wäre, wenn sie frei entscheiden könnte. Nun kann sie ihre Freiheit wahrnehmen.

Sie hat ihr Leben umgestellt und das gemacht, was sie schon immer gerne wollte. Zuerst hat sie ihre Wohnung modernisiert und sich neu eingerichtet. Geld ist genug da. Karl saß ja auf seinen Moneten.

Das Alte muss raus, damit das Neue Platz hat. Auch ihr Kleiderschrank musste daran glauben. Entsprechend hat Tille sich verändert, was bei vielen Leuten verkehrt ankommt, auch bei Anni und Lisa.

Lisas Hinrich lässt auch keine Veränderung zu, und Annis Otto ist ziemlich schwerhörig, der bekommt nicht alles mehr mit, was Anni so macht. Aber sie sind mit ihrem täglichen Einerlei zufrieden, auch mit ihrem Denken, wie die meisten Leute im Dorf. Nur keine Veränderung, im Gegenteil zu Tille.

Wenn da mal einer aus der Reihe tanzt, der auch noch andere Interessen hat, der wird gleich verurteilt, als doof oder krank

Se mookt sik iernsthaft Sorgen un meent, se mööt sik meer um ehr kümmern, wieldat se anners vun Padd afkummt.

Korl hett Tille allerwegens inengt. Se dröv nix för sik alleen moken un nix verännern. Korl harr dat Seggen, he bestimm, wat mookt worr un wat nich. Um Freeden to hebben, hett Tille sik anpasst. Dat full ehr mennichmool schwoor, over se leet sik nix anmarken. Se wöör foken in Gedanken versunken un mol sik ut, wie dat wull wöör, wenn se free entscheeden kunn. Nu kann se ehre Freeheit wohrnehmen.

Se hett ehr Leeven umstellt un dat mookt, wat se al jummer giern doon wull. Toierst hett se ehre Wohnung modernisiert un sik neet inricht. Geld is nooch dor. Korl seet jo op sien Knieptasch.

Dat Ole mutt ruut, dormit dat Neege Platz hett. Ook ehr Kleederschapp moss dor an glöven. Entsprekend hett Tille sik verännert, wat bi veele Lüüd verkehrt ankummt, ook bi Anni un Lisa.

Lisa ehr Hinni lett ook keen Verännerung to, un Anni ehr Otto is teemlich schwoorhörig, de kriggt nich allns meer mit, wat Anni so mookt. Over de beiden sünd mit ehr däglich Enerlei tofreeden, ook in ehr Dinken, wie de meersten Lüüd in 't Dorp. Bloots keen Verännerung, in Gegendeel vun Tille.

Wenn dor ins een ut de Reeg danzt, de ook noch annere Interessen hett, de warrt glieks veroordeelt, as doof orer krank

dargestellt, gewiss nicht als klug.

Anni und Lisa überlegen, wie sie Tille auf die Erde zurückholen können. Sie beschließen, sich mit Tille bei Mimi zu treffen, wo sie ganz in Ruhe über ihr Problem reden wollen. Alle drei sitzen bei Mimi in der Stube, als Tille ankommt, gut gelaunt und aufgedonnert in Sonntagskleidung mit Hut und Stöckelschuhen. Die Frauen erschrecken, als sie Tille so sehen und reden mit Engelszungen auf sie ein, sie möchte doch bitte schön bei der Wahrheit bleiben, wenn sie den Leuten etwas erzählt und sich mit ihrer Meinung zurückhalten, und sie möchte sich doch wieder in ordentlicher Kleidung sehen lassen.

Tille ist klar, was das zu bedeuten hat und was sie von ihr wollen, aber sie lässt sich auf gar keinen Fall besänftigen. Sie antwortet deutlich und bestimmt: „Ich hätte schon viel früher mein Leben verändern sollen, aber ich weiß, dass Karl das niemals zugelassen hätte. Jeden Tag dasselbe, das konnte ich schon lange nicht mehr aushalten. Ich sehnte mich nach Abwechselung. Jetzt gehe ich jeden Montag mit meiner neuen Nachbarin und Freundin Hella zur Wassergymnastik, und schwimmen lerne ich auch, und dienstags gehen wir beide zur Volkshochschule. Da machen wir einen Schreibwerk–Kursus mit. Vielleicht kann ich ja bald eine Geschichte darüber schreiben, wie das hier bei den meisten Leuten im Dorf so zugeht.“

dorstellt, för wiss nich as klook.

Anni un Lisa överleggt, wie se Tille op de Ierd trüchholen köönt. Se beschluut, sik mit Tille bi Mimi to dropen, wo se ganz in Roh över ehr Problem schnacken wüllt. Alle dree sitt al bi Mimi inne Stuuv, as Tille ankummt, goot launt, utstaffiert in Sünndagskleedoosch mit Hoot un Stöckelschoh. De Froonslüüd verjogt sik, as se Tille so seht un schnackt mit Engelstungen op ehr in, se much doch bitte scheun bi de Wohrheit blieven, wenn se de Lüüd wat vertellt un sik mit ehre Meenung trüchholen, un se schull sik doch wedder in ornliche Kleedoosch sehn loten.

Tille is kloor, wat dat to bedüden hett un wat se vun ehr wüllt, over se lett sik op gor keen Fall begöschen. Se antert düütlich un bestimmt: „Ik harr all veel fröher mien Leeven verännern schult, over ik weet, dat Korl dat nienich toloten harr. Jeden Dag dat sülvige, dat kunn ik al lang nich meer utholen. Ik hebb mi no Afwesselung sehnt. Nu goh ik jeden Mondag mit mine neege Noberin un Fründin Hella no Wotergymnastik, un schwimmen lier ik ook, un dingsdoogs goht wi beide no de Volkshochschool. Dor mookt wi 'n Schrievwark–Kursus mit. Villicht kann ik jo bald 'n Geschichte doröver schrieven, wie dat bi de meersten Lüüd hier in Dorp so togeiht."

Die drei Frauen sind erschrocken über Tilles Erklärung, und Anni sagt voller Sorge: „Tille, komm zurück auf die Erde, sonst drehst du noch durch, wir kümmern uns auch um dich, damit es dir gut geht." Sie glauben wahrhaftig, dass Tille nicht ganz bei Trost ist und Spinnkram erzählt.

Tille überlegt einen Augenblick und sagt ganz ruhig: „Ich weiß, dass ihr mich für doof oder krank haltet, aber das bin ich nicht. Ich bin nur anders, als ihr es seid. Jeder muss sein Leben einrichten, wie er mag und kann, und ich auch. Und nun möchte ich gehen."

Lisa ruft besorgt: „Tille, das darfst du uns nicht antun, wir machen uns Sorgen um dich!"

Tille steht auf, geht langsam zur Tür, dreht sich noch einmal um, lächelt sie an und sagt mit ruhiger Stimme:

„Ihr könnt mich mal."

De dree Froonslüüd verjogt sik över Tilles verkloren, un Anni seggt vuller Sorge: „Tille, koom trüch op de Ierd, anners dreihs noch dör, wi kümmert uns ook um di, dormit di dat goot geiht."

Se glövt wohraftig, dat Tille nich ganz bi Groschen is un Spinnkroom vertellt.

Tille överleggt un Ogenblick un seggt ganz sutje: „Ik weet, dat ji mi för dumm orer krank holt, over dat bün ik nich. Ik bün bloots anners, at ji dat sünd. Jedereen mutt sien Leeven inrichen, as he dat will un kann, un ik ook. Un nu much ik gohn."

Lisa roppt besorgt: „Tille, dat drövs du uns nich andoon, wi mookt uns Sorgen um di!"

Tille steiht op, geiht sutje no de Döör, dreiht sik noch ins um, lächelt jüm an un seggt mit ruhiger Stimm:

„Ji köönt mi mool."

Die Fahrradtour

Familie Beyer macht sich an diesem schönen Sonntagmorgen schon früh mit ihren Fahrrädern auf den Weg. Vorne weg der gutmütige Rex (Colliemix), und dann kommen die zehnjährigen Zwillinge Antje und Britta. Die vierzehnjährige Maike bildet das Schlusslicht.

Der von Mutter Lisa mitgeführte Picknickkorb enthält allerlei Leckeres. Wichtig sind die Getränke und das frische Wasser für Rex. Mehrere Pausen sind eingeplant.

Die Fahrt geht durch den nahe gelegenen Wald auf einem breiten staubigen Weg. Die mit der Zeit entstandenen Schlaglöcher wurden mit Schotter aufgefüllt. Für den Fall einer Fahrradpanne hat Vater Hans Flickzeug und eine Luftpumpe eingepackt, auch eine lange Leine für Rex, für alle Fälle.

Der Weg ist seitlich mit Büschen, Sträuchern und Bäumen, wie ein wilder Wall, bewachsen.

Rex bleibt auf einmal stehen, spitzt die Ohren – er wittert etwas! Mit lautem Gebell rennt er los, über den Buschwall in den Wald hinein. Alles Rufen nützt nichts, er kommt nicht zurück.

Die Fahrt ist unterbrochen.

„Da stimmt was nicht!" ruft Hans, legt sein Fahrrad ab und läuft hinter ihm her. Er kennt seinen Hund, ohne Grund würde

De Fohrradtour

Fomilje Beyer mookt sik an düssen schöönen Sünndagmorgen al fröh mit jümehr Fohrrööd op `n Weg. Vörweg de gootmöötige Rex (Colliemix), un denn koomt de teihnjährigen Twüllinge Antje un Britta. De veerteihnjährige Maike büld dat Schlußlicht.

In den vun Mudder Lisa mitbröchte Picknickkorf sünd veele Leckereen. Wichtig sünd de Getränke un dat frische Woter för Rex. Meerere Pausen sünd inploont.

De Fohrt geiht dör `n nöögst liggenden Holt op `n breeden stuffigen Weg. De Schlaglöcker, de sik mit de Tiet büld hebbt, sünd mit Schotter utfüllt worrn. För `n mögliche Fohrradpanne hett Vadder Hans Flicktüüg un `n Luffpump inpackt, ook `n lange Lien för Rex, för alle Fälle.

De Weg is anne Sieden mit Büsch, Strüüker un Bööm, as `n rugen Wall bewussen.

Rex blifft mit eens stohn, spitzt de Riestüüt – he widdert wat! Mit luut Gepauer birst he los, över den Buschwall in `n Holt rin. Allns Ropen hölpt nix, he kummt nich trüch.

De Fohrt is unnerbroken

„Dor stimmt wat nich!" roppt Hans, leggt sien Rad dool un loppt achter em her. He kennt sien Hund, ohn Grund dä he

er niemals alleine in den Wald laufen. Sein Gebell wird fast jaulend. Nun kratzt er aufgeregt mit den Vorderpfoten im Boden, der an dieser Stelle etwas hügelig mit Moos und Grasbüscheln bedeckt ist. Er wirft seinem Herrchen, der angehetzt kommt, einen kurzen Blick zu und kratzt weiter auf einem harten Gegenstand. Hans beruhigt ihn und legt mit den Händen die obere Schicht frei. Er will den Gegenstand aus dem Boden herausheben, aber es geht nicht, er ist zu groß und zu schwer.

Was er jetzt sieht, kann er fast nicht glauben. Es ist die schwere Eichenholz–Truhe seiner Mutter, die ihr vor kurzem Einbrecher zusammen mit anderen Gegenständen aus ihrer Wohnung von nebenan gestohlen haben. Die Banditen sind durch die Hintertür ins Haus gekommen, weil Oma Grete vergessen hatte, die Tür abzuschließen, als sie bei ihrer Schwester Erna zu Besuch war. Hans hat die Truhe sofort an den Schnitzereien und an der Wölbung des Deckels wieder erkannt. Der Inhalt ist das Geheimnis von Oma Grete, nur sie kennt ihn. Das starke Schloss konnten die Einbrecher wohl nicht öffnen und haben die Truhe hier erstmal versteckt, um sie später abzuholen. Hans ruft sofort per Handy die Polizei, die prompt zur Stelle ist.

Die Truhe wird sichergestellt. Die Fundstelle wird so bewacht, dass sich niemand beobachtet fühlt, der hierher kommt.

nienich alleen in Holt rin lopen. Sien Gepauer warrt meist jaulend. Nu kratzt he opgereegt mit de Vörpooten in ´n Bodden, de an düsse Steed ´n beten knüllig mit Moos un Grasbüschel afdeckt is. He schmitt sien Herrchen, de anhisst kummt, ´n korten Plier to un kratzt wieder op een hartet Deel. Hans beruhigt em un leggt mit de Hann de bööberste Schicht free. He will dat Ding ut dat Versteek hieven, over dat geiht nich, dat is to groot un to schwoor.

Wat he nu süht, kann he meist nich glöven. Dat is de schwoore Eekenholt–Truh vun siene Mudder, de ehr nülich Inbreekers tohoop mit annere Soken ut ehre Wohnung vun blangen an klaut hebbt. De Banditen sünd dör de Achterdöör in ´t Huus komen, wieldat Oma Grete vergeten harr, de Döör aftoschluten, as se bi ehre Süster Erna to Besöök wüür. Hans hett de Truh foorts an de Schnitzeree un an de Wülbung vun ´n Deckel wedder kennt. De Inhollt is dat Geheemnis vun Oma Grete, bloots se weet, wat dor in is. Dat starke Schlott kunn de Inbreekers wull nich open kriegen un hebbt de Truh hier ierstmool versteeken, um se noher aftoholen. Hans roppt foorts över Handy de Schandarms an, de promt to Steed sünd.

De Truh warrt sekerstellt.

De Fundsteed warrt so bewacht, dat sik numms bespitzelt föhlt, de hierher kummt.

Als Hans zu Protokoll gibt, dass sein Hund der Finder ist, bekommt er sofort eine Verwarnung ausgesprochen, weil Hunde im Wald niemals ohne Leine laufen dürfen. Hans nimmt das ohne Kommentar hin.

Die Familie freut sich sehr, dass die Truhe wieder da ist und staunt über Rexs Wahrnehmungssinn. Rex merkt das auch und wird nun von jedem gestreichelt. Hans erzählt seiner Mutter per Handy von dem Fund der Truhe. Oma Grete ist außer sich vor Freude und meint: „Nun kriege ich meine Goldbarren und die Münzsammlung aus all den Jahren sicherlich wieder. Was haben wir doch für einen klugen Hund!"
Nun weiß Hans, was in der Truhe drin ist und warum sie so schwer ist. Er wundert sich über seine Mutter.

Die Fahrradtour geht weiter. Rex ist nun an der Leine mit Herrchen verbunden, was ihm gar nicht gefällt.
An der nächsten Raststätte sitzen schon ein Mann und eine Frau mit ihrem Schäferhund und machen Pause.
Rex ist nun wieder von der Leine und läuft mit dem Schwanz wedelnd auf den Schäferhund zu, der ebenso auf Rex zu läuft.

As Vadder to Protokoll gifft, dat sien Hund de Finder is, krigg he glieks 'n Wohrscho utsproken, wieldat Hunn in Holt nienich ohn Lien lopen drövt. Vadder nimmt dat ohn Wedderwöör hen.

De Fomilje freit sik bannig, dat de Truh wedder dor is un wunnerwarkt sik över Rex sien Wohrnehmungssinn. Rex markt dat ook un warrt nu vun jeedeen begöscht. Vadder vertellt siene Mudder över Handy den Fund vun de Truh. Oma Grete is butensik vör Freid un meent: „Nu krieg ik mine Guldbarren un de Münzsammlung uut all de Johren seker wedder. Wat hebbt wi doch för 'n klooken Hund!"
Nu weet Hans, wat in de Truh in is un worum se so schwoor is. He wunnert sik över siene Mudder.

De Fohrradtour geiht wieder. Rex is nu an 'ne Lien mit Herrchen verbunden, wat em gornich gefallt.
An de nöögste Raststeed sitt al 'n Mann un 'ne Froo mit jümehrn Scheperhund un mookt Pause.
Rex is nu wedder vunne Lien af un loppt foorts steertwackelnd no den Scheperhund hen, de jüss so op Rex to lopp.

Anna und Hermann Berns staunen, und Anna sagt zu der ebenso erstaunten Familie Beyer: „Das ist ja Rex, Wolf und Rex kennen sich, bloß wir noch nicht, weil wir auf dem anderen Ende vom Dorf wohnen. Wenn Eure Oma Grete mit Rex Gassi geht, begegnen wir uns meistens, dann toben die Hunde auf der Weide, und wir haben viel zu klönen."

Sie stellen sich gegenseitig vor und reden über die Hunde und über das, was Familie Beyer eben erlebt hat.

„Dann ist Oma Grete aber froh, wenn sie ihre Truhe wieder hat. Da freuen wir uns mit ihr. Der Einbruch hat ihr stark zugesetzt", sagt Anna. Das können Lisa und Hans nur bestätigen.

Nach einer Stärkung mit Essen und Trinken drängeln die Kinder, sie wollen weiter.

„Wir müssen uns näher kennen lernen", sagt Hans, und er lädt sie ein zum Kaffee am nächsten Sonntag, mit Wolf, versteht sich. Anna und Hermann Berns sind einverstanden. Dann trennen sie sich mit den Worten: „Tschüs, bis Sonntag." Rex braucht eine extra Einladung, mitzukommen, und dann tuckelt er hinterher.

Die Fahrt geht weiter durch den Wald, dann kommen sie an einen Feldweg.

Hier wird noch eine Pause eingelegt, bevor es nach Hause geht.

Anna un Hermann Berns wunnert sik, un Anna seggt to de jüss so erstaunte Fomilje Beyer: „Dat is jo Rex, Wolf un Rex kennt sik, bloots wi noch nich, wieldat wi op 'n annern End vun 't Dorp wohnt. Wenn jaue Oma Grete mit Rex Gassi geiht, bemööt wi uns meistiet, denn toovt de Hunn op de Weid, un wi hebbt 'n Barg to klönen."

Se stellt sik gegensiedig vör un schnackt över de Hunn un över dat, wat Fomilje Beyer eben beleevt hett.

„Denn is Oma Grete over froh, wenn se ehre Truh wedder hett. Dor freit wi uns mit ehr. De Inbruch hett ehr dull tosett", seggt Anna. Dat köönt Lisa un Hans bloots betügen.

No 'n Stärkung mit Eten un Drinken drängelt de Kinner, se wüllt wieder.

„Wi mööt uns neeger kennen liern", seggt Hans, un he lood jüm in to 'n Kaffe nöögsten Sünndag, mit Wolf versteiht sik. Anna un Hermann Berns sünd inverstohn. Denn trennt se sik mit de Wöör: „Tschüüs, bet Sünndag." Rex bruukt 'n extro Inloodung, mit to komen, un denn tuckelt he achterher.

De Fohrt geiht wieder dör 'n Holt, un denn koomt se an 'n Wischenweg.

Hier warrt noch 'n Pause inleggt, bevör dat no Huus geiht.

Sie begegnen noch mehr Radfahrer und Fußgänger, die auch das gute Wetter ausnutzen.

Rex fällt es mit der Zeit schwer, bei der Wärme mitzuhalten. Das Tempo wird seinetwegen gedrosselt.

Zu Hause angekommen, sucht er sofort seinen Platz auf und legt sich mit einem tiefen Atemzug hin. Endlich zu Hause, denkt er wohl und schläft ein.

Oma Grete ist ganz aufgeregt und sagt: „Die Polizei war hier. Sie haben die Einbrecher geschnappt. Meine anderen Sachen sind auch sichergestellt. Ich bekomme alles wieder. Aber, was noch schlimm daran ist: Die Einbrecher sind die beiden halbstarken Nachbarjungen von meiner Schwester Erna vom anderen Ende des Dorfes. Sie haben ausgesagt, dass sie das nur aus Spaß gemacht haben."

Die Truhe stand immer an der gleichen Stelle in der Stube, zwischen Stubenschrank und Schlafzimmerwand. Oma Grete hatte sie immer im Blick, wenn sie auf dem Sofa saß und den Fernseher an hatte.

Sie kann sich erinnern, dass die beiden Jungen sie im Frühjahr mal besucht haben, als sie ihr Rasendünger gebracht haben, den ihre Schwester Erna übrig hatte.

Oma Grete bat sie damals in die Stube und gab ihnen zu Trinken. Da fiel ihnen die Truhe auf. Sie wollten wissen, was

Se bemööt noch mihr Radfohrer un Footgänger, de ook dat goode Wedder utnutzt.

Rex fallt dat mit de Tiet schwoor, bi de Warms mittoholen. Dat Tempo warrt wegen em drosselt.

To Huus ankomen, soch he glieks sien Platz op un leggt sik mit 'n deepen Otentoch hen. Endlich to Huus, dinkt he wull un schlopp in.

Oma Grete is ganz hiddelig un seggt: „De Schandarms wöörn hier. Se hebbt de Inbreeker foot kregen. Min annern Soken sünd ook sekerstellt. Ik krieg allns wedder. Over, wat noch schlimm doran is: De Inbreeker sünd de beiden halfstarken Noverjungs vun miene Süster Erna vun 'n annern End vun 't Dorp. Se hebbt utseggt, dat se dat bloots ut Spijöök doon hebbt."

De Truh stunn jummer an de glieke Steed inne Stuuv, twüschen Stuuvenschapp un Komerwand. Oma Grete harr ehr jummer in Blick, wenn se op 'n Sofa seet un den Kiekkassen an harr.

Se kann sik besinn, dat de beiden Jungs ehr in Fröhjohr ins besöcht hebbt, wieldat se ehr Roosendünger bröchen, den ehre Süster Erna över harr.

Oma Grete nödig jüm domols inne Stuuv un geev jüm wat to Drinken. Dor is jüm de Truh opfullen. Se wulln weeten, wat

da drin ist. Sie hat gesagt: „Das verrate ich nicht, das weiß nur ich und sonst niemand."

Das hat sie wohl auf die Idee gebracht, die Truhe zu stehlen, weil sie neugierig waren, was da drin war.

Warum sie auch noch die große Kristallvase, den Siebenarmleuchter und die Babypuppe, die auf dem Sessel saß, mitgenommen haben, ist allen ein Rätsel.

dor in is. Se hett jüm seggt: „Dat verroo ik nich, dat weet bloots ik un anners mums."

Dat hett jüm wull op den Infall bröcht, de Truh to klaun, wieldat se needschierig würrn, wat dor in is.

Worüm se ook noch de groote Kristallwoos, den Sövenarmleuchter un de Babypopp, de op 'n Sessel seet, mitnohmen hebbt, is jüm all 'n Rodel.

Gleis dreizehn

Hans sagt zu seiner Frau Lisa: „Wir haben in Hamburg eine Viertelstunde Zeit zum Umsteigen. Unser Zug läuft auf Gleis eins ein. Auf welchem Gleis der Anschlusszug nach München abfährt, danach müssen wir fragen, wir haben Zeit genug."

Nun wird durch den Lautsprecher angesagt, dass dieser Zug gute fünf Minuten Verspätung hat. Das wird knapp in der Zeit, und Hans fragt den Schaffner: „Können Sie mir sagen, auf welchem Gleis der Zug nach München abfährt?"

„Gleis dreizehn", antwortet er kurz und mürrisch.

Gleis dreizehn! – Lisa ist sehr erschrocken und sagt: „Dreizehn ist eine Unglückszahl. Wir werden den Zug nach München mit Sicherheit nicht mehr erreichen, – dann nehmen wir Gleis vierzehn."

„Du wieder mit deinem Aberglauben, klar kriegen wir den Zug", antwortet Hans, „du kannst doch nicht einfach den Zug auf Gleis vierzehn nehmen, du weißt doch gar nicht, wo der hinfährt, gewiss nicht nach München."

Lisa kann sich nicht mehr halten und schimpft los: „Müllers sind damals in ein Haus mit der Nummer dreizehn gezogen, und die hatten auch kein Glück. Die Ehe ging nach mächtigem Streiten kaputt, hast du das vergessen?" Hans sagt: „Was hat das mit uns zu tun? für mich ist die dreizehn eine Glückszahl."

Gleis dorteihn

Hans seggt to siene Froo Lisa: „Wi hebbt in Hamborg 'n Viddelstünn Tiet to 'n Umstiegen. Unse Toch lopp op Gleis een in. Op wat för 'n Gleis de Anschlußtoch no München geiht, dor mööt wi no frogen, over wi hebbt noch Tiet nooch."
Nu warrt dör 'n Luutschnacker anseggt, dat düsse Toch goode fief Menuten looter in Hamborg ankummt. Denn is dat knapp inne Tiet, un Hans froogt den Schaffner: „Köönt Se mi seggen, op wat vun Bohnsteeg de Toch no München afföhrt?"
„Gleis dorteihn", antert de kort un nuschig.
Gleis dorteihn! – Lisa verfehrt sik bannig un seggt: „Dorteihn is eene Unglückstohl. Wi warrt den Toch no München mit Sekerheit nich meer footkriegen, – denn nehmt wi Gleis veerteihn."
„Du wedder mit dien Overgloben, kloor kriegt wi den Toch", antert Hans, „du kanns doch nich eenfach den Toch op Gleis veerteihn nehmen, du weest doch gor nich, wonehm de henföhrt, wiss nich no München."
Lisa kann sik nich meer holln un schamfudert los: „Müllers sünd domols in een Huus mit de Nummer dorteihn togen, un de harrn ook keen Glück. De Ehe gung no mächtige Striedereen kaputt, hess du dat vergeten?" Hans seggt: „Wat hett dat mit uns to don? för mi is de dorteihn 'n Glückstohl."

Lisa poltert los: „Und was weiß ich von dir? das dreizehnte Schuljahr – das Abiturjahr – hast du nicht geschafft. Du bist sitzen geblieben und hast das Jahr nochmal machen müssen. Mich wundert, dass du es überhaupt bis zum Jugendpfleger gebracht hast, was sagst du nun?"

Hans gibt listig zurück: „Lisa, das war so, das dreizehnte Jahr habe ich freiwillig nochmal gemacht, weil mir das Praktikum bei unserem Bürgermeister Meyer in dieser Zeit ziemlich zu schaffen machte. Ich hatte einfach keine Zeit mehr für was anderes, auch nicht für die Schule. Du glaubst ja nicht, was ein Bürgermeister alles zu tun hat und was er alles wissen muss und was er zu entscheiden hat.

Da kam doch wahrhaftig Grete Weiß, du weißt doch die, die alles besser weiß, und sagt zu unserem Bürgermeister: ʹDu Willi, dass will ich dir sagen, wenn der Hundert-Meter-Fußweg von der Straße bis zu meinem Haus nicht bald geteert wird, bekommst du es mit mir zu tun, dann lese ich dir die Leviten. Bei Regen bekomme ich jedes Mal nasse Füße, wenn ich einkaufen gehe, das muss ein Ende haben!ʹ

Der Bürgermeister sagte darauf ganz ruhig: ʹGrete, ich weiß, wenn du man auf dem Fußweg bleiben würdest, wenn du bei Regenwetter einkaufen gehst, dann bekämst du auch keine nassen Füße.

Lisa pultert los: „Un wat weet ik vun di? dat dorteihnste Schooljohr – dat Abiturjohr – hess du nich schafft. Du büs sittenbleven un hess dat Johr noch ins moken mußt. Mi wunnert, dat du dat överhaupt bet to ´n Jugendpleger bröcht hess, wat seggst du nu?"

Hans gifft plietsch trüch: „Lisa, dat wöör so, dat dorteihnste Johr hebb ik freewillig nochins dörmokt, wieldat mi dat Praktikum bi unsen Börgermester Meyer in düsse Tiet teemlich to schaffen mokt hett. Ik harr eenfach keen Tiet meer vör wat anners, ok nich vör de School. Du glövs jo nich, wat ´n Börgermester all to doon hett un wat de all weeten mutt un wat de to entscheeden hett.

Dor kööm doch wahrraftig Grete Weet, du wees doch de, de allns beeter weet, un seggt to unsen Börgermester: ´Du Willi, dat will ik di seggen, wenn de Hunnert-Meder-Patt vun de Stroot bet no min Huus nich bald teert warrt, denn kriggst du dat mit mi to doon, denn lees ik di de Leviten. Bi Regen krigg ik jedes Mool natte Feut, wenn ik inkeupen goh, dat mutt ´n Ind hebben!´

De Börgermester antert dorop ganz sutje: ´Grete, ik weet, wenn du man op ´n Patt blieven däs, wenn du bi Regenwedder inkeupen geihst, denn kriggs ook keene natte Feut.

29

Aber wenn dein Waldi, den du an der Leine bei dir hast, dich immer wieder in den Graben zieht, dann geht das nicht anders, das habe ich selbst gesehen.` Da fühlte Grete sich ertappt und sagte nichts mehr.

Es kamen noch hundert andere Sachen dazu, mit denen der Bürgermeister sich abrackern musste."

Lisa hört aufmerksam zu und Hans erzählt weiter: „Mein Praktikum dauerte dreizehn Wochen. In dieser Zeit habe ich mehr gelernt als drei Jahre in der Schule, hauptsächlich vom Leben der Menschen und ihren Sorgen, deshalb bin ich Jugendpfleger geworden."

Lisa sagt: „Jedenfalls werde ich niemals im Hotel ein Zimmer nehmen mit der Nummer dreizehn."

„Im Hotel kannst du wohl tauschen, aber auf dem Bahnsteig nicht", belehrt Hans sie und sagt: „Du weißt doch, weshalb wir uns diese Urlaubsreise nach München leisten können?"

„Ja ja, der Lottogewinn", antwortet sie beifällig. Hans erzählt: „Du warst ja nicht dabei, als die Lottozahlen im Fernsehen gezogen wurden. Als letzte Zahl kam die dreizehn, meine Glückszahl, und damit hatte ich fünf richtige Zahlen angekreuzt. Die Quoten waren ziemlich hoch. Die dreizehn hat uns diese Reise beschert."

„Ich weiß, das erzählst du nun schon zum x–ten Mal", langweilt sich Lisa.

Over wenn dien Waldi, den du anne Lien mit hess, di jummer wedder in Groben treckt, denn geiht dat nich anners, dat hebb ik sülvs sehn.´ Dor föhl Grete sik ertappt un sä nix meer. Dor kööm noch hunnert annere Soken to, wo de Börgermester sik mit afrieten muss."

Lisa lustert opmarksom to, un Hans vertellt wieder: „Mien Praktikum duur dorteihn Weeken. In düsse Tiet hebb ik meer liert, as dree Johr inne School, hauptsooks ut dat Leeven vun de Minschen un jümehr Sorgen, dorum bün ik Jugendpleger worrn."

Lisa seggt: „Jedenfalls dä ik nienich in Hotel een Zimmer nehmen mit de Nummer dorteihn."

„In Hotel kanns wull tuschen, over op ´n Bohnsteeg doch nich", beliert Hans ehr un seggt: „Du weest doch, woso wi uns düsse Orloffreis no München leisten köönt?"

„Jo jo, de Lottogewinn", antert Lisa bifällig. Hans vertellt: „Du wöörs jo nich dorbi, as de Lottotohlen in Kiekkassen togen worrn. As letzte Tohl kööm de dorteihn, miene Glückstohl, un dormit harr ik fief richtige Tohlen ankrüützt. De Qwoten wörrn teemlich hoch. De dorteihn hett uns düsse Reis bescheert."

„Ik weet, dat vertellst du mi nu al ton x–ten Mool", langwielt Lisa sik.

Als der Zug auf Gleis eins einfährt, haben sie noch sieben Minuten Zeit zum Umsteigen. Der Zug auf Gleis dreizehn nach München steht schon parat. Jetzt hat Lisa keine andere Wahl, wenn sie mit will, muss sie einsteigen, und das tut sie dann auch und sagt nichts mehr. Sie finden gute Fensterplätze und sitzen sich gegenüber, Lisa in Fahrtrichtung. Hans´ Blick wandert hin und her, während Lisa aus dem Fenster schaut. Auf einmal sieht er, dass Lisa auf Platz–Nummer dreizehn sitzt. Die Nummern sind ziemlich versteckt angebracht. Dann fällt ihm auf, dass sie auch noch in Wagen–Nummer dreizehn sind. Er hofft im Stillen, dass sie das nicht merkt.

Es geht ja wohl alles gut, denkt er. Und dass tut es dann auch.

Der Zug setzt sich in Bewegung und fährt langsam aus dem Bahnhof raus. Von Gleis dreizehn ist nichts mehr zu sehen.

As de Toch op Gleis een inloppt, hebbt se noch söven Menuten Tiet ton Umstiegen. De Toch op Gleis dorteihn no München steiht al proot. Nu hett Lisa keene annere Wohl, wenn se mit will, mutt se instiegen. Dat deit se denn ook un seggt nix meer. Se finnd goode Finsterplätze un sitt sik gegenöver, Lisa in Fohrtrichtung. Hans sien Blick geiht hen un her, wieldes Lisa ut Finster kickt. Opmool süht he, dat Lisa op Platz–Nummer dorteihn sitt. De Nummern sünd teemlich versteken anbrocht. Denn fallt em op, dat se ook noch den Wogen Nummer dorteihn fotkregen hebbt. He hopt in Stilln, dat se dat nich wies warrt.

Geiht jo wull allns goot af, dinkt he. Un dat deit dat denn ook.

De Toch sett sik in Bewegung un föhrt sünnig ut ´n Bohnhof ruut. Vun Gleis dorteihn is nix meer to sehn.

Der Träumer

Karl ist wirklich ein Träumer und ein Pechvogel dazu. Das Glück war ihm noch nie hold.

Die Gedanken gingen immer wieder mit ihm durch, auch in der Schule. Er konnte sich einfach nicht auf den Unterricht einstellen. Entsprechend fiel sein Zeugnis aus.

Er versuchte es als Bäcker, aber das frühe Aufstehen war nichts für ihn. Das Geld reicht vorne und hinten nicht. Durch Gelegenheitsarbeiten kann er sich man eben so über Wasser halten. Er träumt davon, einen Kurierdienst aufzubauen, aber ohne Fahrzeug geht das nicht. Ihm fällt keine Lösung ein.

Nun kommt Otto dazu, dem es ähnlich geht wie Karl. Die Idee vom Kurierdienst, was Karl sagt, gefällt ihm gut. Karl meint: „Wenn wir nun ein Auto hätten, dann ginge das, dann könnten wir das zusammen machen." Otto stellt fest: „Um ein Auto zu fahren, brauchen wir erst mal einen Führerschein, bloß wie bezahlen? Das ist die Frage."

Karl sagt: „Ich habe eine Idee, wir gehen zur Sparkasse und borgen uns das Geld und zahlen es in Raten wieder zurück, wenn unser Geschäft gut läuft."

Aber Otto belehrt ihn: „Das wird nicht gehen, die Sparkasse lehnt ab, ohne Sicherheit kein Geld."

De Dröömbüdel

Korl is würklich 'n Dröömbüdel un 'n Pechvogel dorto. Dat Glück wöör em noch nie hold.

De Gedanken gungen jummer wedder met em döör, ook inne School. He kunn sik enfach nich op den Unnerricht instelln. Entspreekend full sien Tüügnis ut.

He versöch dat as Bäcker, over dat fröhe Opstohn wöör nix för em. Dat Geld reckt vör un achter nich. Dör Gelegenheitsarbeiten kann he sik man eben so över Woter holen. He dröömt dorvun, een Kurierdeenst optoboon, over ohne Fohrtüüg geiht dat nich. Em fallt keene Lösung in.

Nu kummt Otto dorto, den dat ähnlich geiht as Korl. De Idee vun Kurierdeenst, wat Korl seggt, gefallt em goot. Korl meent: „Wenn wi nu 'n Auto harrn, denn gung dat, denn kunn wi dat tosomen moken." Otto stellt fast: „Um een Auto to föhrn, bruukt wi ierstmool 'n Führerschien, bloots wie betohlen? Dat is de Froog." Korl seggt: „Ik hebb 'n Infall, wi goht no de Spoorkass un lehnt uns dat Geld un betohlt dat in Roten trüch, wenn unse Geschäft goot loppt."

Over Otto beliert em: „Dat warrt nich gohn, de Sporkass lehnt af, ohn Sekerheit keen Geld."

Nun sind sie genau so schlau wie vorher.

Sie sitzen beide auf einer Parkbank und überlegen, wie sie wohl schnell an Geld kommen können.

Da kommt ihr ehemaliger Lehrer Meyer vorbei und fragt sie: „Wie geht es denn so?" Karl sagt: „Das könnte besser sein, aber wir haben ja einfach kein Geld, um etwas Ordentliches machen zu können."

Und Meyer sagt: „Da mach ich euch einen Vorschlag, ihr könnt zur medizinischen Universität gehen, die ist ja hier gleich um die Ecke, und eure Körper im Voraus verkaufen. Wenn ihr tot seid, können die Studenten daran lernen."

„Oh ja, das machen wir", freuen sie sich über diese Idee und Otto meint: „Karl, geh du man hin und frage erst mal nach, ich warte hier so lange."

Karl geht los und kommt nach einiger Zeit niedergeschlagen zurück. Mit trauriger Stimme sagt er: „Das ist auch nichts, die verlangen Abitur."

Nu sünd se jüss so klook als vörher.

Se sitt beide op 'ne Parkbank un överleggt, wie se wull dannig an Geld komen kunn.

Dor kummt jümehr ehemolige Lehrer Meyer vörbi un froogt jüm: „Wo geiht jau dat denn so?" Korl seggt: „Dat kunn beter ween, over wi hebbt jo enfach keen Geld, um wat Orniget moken to könen."

Un Meyer seggt: „Dor mok ik jau 'n Vörschlag, ji köönt no de medizinische Universität gohn, de is hier jo glieks um de Eck, un jaue Körper in Vörrut verköpen. Wenn ji doot sünd, denn köönt de Studenten doran liern."

„Oh jo, dat mokt wi", freit se sik över düsse Idee un Otto meent: „Korl, goh du man hen un froog iersmool no, ik töv hier so lang."

Korl geiht los un kummt no 'n tietlang bedröppelt wedder trüch. Mit truriger Stimm seggt he: „Dat is ook nix, de verlangt Abitur."

Glück gehabt

Willi Baumann ist Tischler von Beruf, lebt in Holzhausen und hat sich neulich selbstständig gemacht. Die Aufträge sind noch nicht so doll. Er muss sich alleine durchschlagen. Sein Wunschtraum ist es, einmal eine eigene Firma zu haben, sozusagen eine Fabrik für Kleinmöbel. Dafür fehlt ihm aber das Geld. Einen Kredit kann er nicht aufnehmen, das ist ihm zu riskant, und er würde ihn auch sicher nicht bekommen.

Seine Gedanken sind oftmals bei den Lottozahlen. Jeden Sonnabend und Mittwoch kreuzt er zwei Kästen mit je sechs Zahlen an, immer die selben, schon lange Zeit. Aber mehr als drei Richtige und einmal vier ist bisher nicht dabei herausgekommen.

Ihm saust im Kopf herum: Wenn man sich etwas wünscht, muss man fest daran glauben, dann geht es eines Tages in Erfüllung. Willi meint, dass ihm die Lottozahlen das Glück bringen.

Den Plan für die Fabrik hat er im Kopf schon fertig. Das Grundstück hinter ihm, vom Nachbarn Meyer, hat er in Gedanken schon gekauft.

Seine Frau Anni wundert sich über Willis Fantasie und sagt mit fester Stimme: „Bleibe auf dem Boden, sonst schießt du noch kopfüber!"

Glück hatt

Willi Baumann is Discher vun Beruf, leevt in Holthusen un hett sik annerletzt sülvsstännig mookt. De Opdreeg sünd noch nich so dull. He mutt sik alleen dörschloon. Sien Wunschdroom is, mool 'ne egene Firma to hebben, sotoseggen 'ne Fobrik för Lüttmöbel. Dorto fehlt em over dat Geld. Een Kredit kann he nich opnehmen, dat is em to winnig, un he wöör em ook seker nich kriegen.

Siene Gedanken sünd meisttiets bi de Lottotohlen. Jeden Sünnovend un Middeweeken krüüzt he zwee Kassens mit süss Tohlen an, jummer de sülvigen, all lange Tiet. Over meer as dree Richtige un eenmool veer is bit nu nich dorbi ruutkomen.

Em suust in Kopp rum: Wenn een sik wat wünscht, mutt 'n dor fast an glöven, denn geiht dat een gooden Dogs in Erfüllung. Willi dinkt, dat em de Lottotohlen dat Glück bringt.

Den Plon för de Fobrik hett he in sien Kopp al kloor. Dat Grundstück achter em, vun Nover Meyer, hett he in Gedanken ook al köfft.

Siene Froo Anni wunnert sik över Willi siene Fantasie un seggt mit faster Stimm: „Bliev op de Ierd, anners schuttst kopeister!"

Aber Willi lässt sich nicht von seinem Plan abbringen und antwortet voller Hoffnung: „Sollst sehen, bald ist es so weit, dann steht meine Fabrik. Da bin ich mir sicher."

Die richtigen Lottozahlen lassen auf sich warten.

Willi ist fleißig, pünktlich und ordentlich, und sparsam ist er auch. Seine Anni unterstützt ihn, wo sie kann. Die Arbeit wird mehr, und er braucht Hilfe. Der Nachbarjunge, Hans Boll, geht bei ihm in die Lehre. Hans ist ein kluger Junge, der sich in der Computerwelt auskennt und mit Willis Einverständnis die Firma ins Internet stellt. Das bringt den Betrieb noch mehr in Schwung.

Eines Nachmittags, so gegen Abend, kommt Nachbar Otto Meyer in seine Werkstatt.

„Na, Otto, was gibt es Neues?" fragt Willi. Erst spricht Otto um den heißen Brei herum und sagt: „Deine Firma läuft ja tüchtig und bringt ja auch viel ein."

„Was meinst du damit, Otto, worauf willst du hinaus"? fragt Willi. Er weiß, wenn Otto kommt, hat es meistens einen Haken. Nun kommt er auch gleich auf den Punkt.

„Willi, ich habe gehört, dass du dich vergrößern willst. Da könnte mein Grundstück dir wohl gut zupass kommen. Das liegt ja günstig für dich. Da ist noch manch einer, der das kaufen will."

„Wer will das denn kaufen?" fragt Willi gleichgültig.

Over Willi lett sik nich vun sien Plon afbringen un antert vuller Hopen: „Schass sehn, bold is dat so wiet, denn steiht miene Fobrik. Dor bün ik mi seker."

De richtigen Lottotohlen lot op sik töven.

Willi is fliedig, pünktlich un rejell, un sporsom is he ook. Siene Anni unnerstütt em, wo se kann. De Arbeit warrt meer, un he bruukt Hülp. De Noversjung, Hans Boll, geiht bi em inne Liehr. Hans is 'n plietschen Jung, de sik inne Computerwelt utkennt un mit Willis Inverständnis de Firma in 't Internet stellt. Dat bringt den Bedrief noch meer inne Gang.

Eens Nomiddags, so gegen Ovend, kummt Nover Otto Meyer in siene Warksteed.

„Na, Otto, wat giff dat Neeges?" froogt Willi. Ierst schnackt Otto um den hidden Bree rum un seggt: „Diene Firma loppt jo düchdig un bringt jo ook veel in."

„Wat meenst du dormit, Otto, wo wullt du op ruut?" froogt Willi. He weet, wenn Otto kummt, hett dat meisttiet 'n Hoken. Nu kummt he ook glieks op 'n Punkt: „Willi, ik hebb hört, dat du di vergrötern wullt. Dor kunn mien Grundstück di wull goot topass kommen. Dat liggt jo günstig för di. Dor is mennicheen, de dat köpen will."

„Keen will dat denn köpen?" froogt Willi minnachtig.

Mit Namen kommt Otto nicht raus. Er antwortet: „Das ist eine Preisfrage, wem ich das verkaufe." Willi merkt Mäuse und erklärt: „Da geht ja keine Zufahrt hin, deine Straßenfront ist ja zu schmal."

„Da wird sich ein Weg finden. Von Klaus Dahls Hofstelle hinter mir kann man gut einen Überweg machen", meint Otto und wirft Willi einen plietschen Blick zu.

„Darauf warte man, das wird er gewiss nicht zulassen."

Willi geht nicht darauf ein und macht seine Arbeit an der Hobelbank weiter. Er antwortet ihm kurz: „Wenn für mich der Preis stimmt, können wir darüber reden." Und Otto sagt: „Das ist Bauland."

Nun muss Willi lachen und erklärt: „Das kann es ja nicht sein, da führt ja kein Weg hin." Otto meint: „Wenn du das kaufst, dann geht ja von deinem Grundstück ein Weg dahin, dann ist das Bauland, dann zählt der Baulandpreis."

Willi wundert sich über Ottos Dreistigkeit und erklärt: „Den Quadratmeterpreis für Brachland bezahle ich dir dafür, aber keinen Cent mehr."

Nach langem Hin und Her gibt Otto klein bei, weil er wiedermal knapp bei Kasse ist. Er weiß, dass Willi recht hat, aber er denkt, versuchen kannst das ja. Nun geht er auf Willis Vorschlag ein. Der Vertrag wird per Handschlag besiegelt.

Mit Nooms kummt Otto nich ruut. He antert: „Dat is 'n Priesfroog, keen ik dat verkööp." Willi markt Müüs un verkloort: „Dor geiht jo keen Tofohrt hen, diene Strootenfront is jo to schmool."

„Dor warrt sik 'n Weg finn. Vun Klaus Dohl sien Hofsteed achter mi kann een goot 'n Överweg moken", meent Otto un schmitt Willi 'n verdwarsten Plier to.

„Dor luur man op, dat warrt he för wiss nich toloten." Willi geiht dor nich op in un mookt siene Arbeit an de Hövelbank wieder. He antert em kört: „Wenn för mi de Pries stimmt, könnt wi doröver schnacken." Un Otto seggt: „Dat is Booland."

Nu mutt Willi lachen un verkloort: „Dat kann dat jo nich, dor is jo keen Toweg hen." Otto meent: „Wenn du dat köffst, denn geiht dor jo vun dien Grundstück ut 'n Weg hen, denn is dat Booland, denn tüllt de Boolandpries."

Willi wunnert sik över Otto sien Driestigkeit un verklort: „Den Quodrotmeterpries för Braachland betohl ik di dorför, over keen Cent meer."

No lang Hen- un Herschnacken gifft Otto lütt bi, wieldat he wedder mool mit Geld inne Kniep sitt.

He weet, dat Willi recht hett, over he dinkt, versöken kanns dat jo. Nu geiht he op Willi sien Vörschlag in. De Verdrag warrt bi Handschlag kloor mokt.

Willi kann sein Glück noch gar nicht fassen, aber er lässt es sich nicht anmerken.

Bald hat Willi einen Termin beim Bauamt in der Stadt und will sich über die Bebauung erkundigen. Wegen der eingeplanten Wartezeit hat er sich eine Sportzeitung gekauft, wo die Lottozahlen vom Sonnabend auf der ersten Seite groß zu sehen sind. Er weiß ja, dass er dieses Mal auch wieder nicht dabei ist.

Als er auf dem Zebrastreifen über die Straße geht, kommt ein Auto in voller Fahrt ohne zu bremsen auf ihn zu. Willi kann gerade noch mit einem Satz zur Seite springen und so sein Leben retten. Nun muss er sich erst mal auf einer Bank neben dem Fußweg erholen, zu tief sitzt der Schrecken. Als er so dasitzt, fällt sein Blick auf die Lottozahlen, ohne sie wahrzunehmen. Das sieht ein junger Mann, der vorbei kommt, er sieht gespannt auf die Zahlen und fragt neugierig:

„Glück gehabt?"

„Ja ....., großes Glück."

Willi kann sien Glück noch gor nich foten, over he lett sik dat nich anmarken.

Drood hett Willi 'n Termin bi 't Booamt inne Stadt un will sik över de Bebooung erkundigen. Wegen de inplonte Tövtiet hett he sik 'n Sportblatt köft, wo de Lottotohlen von Sünnovend op de eerste Siet groot to sehn sünd. He weet jo, dat he dütmool ook wedder nich dorbi is.

As he op 'n Zebrastriepen över de Stroot geiht, kummt een Auto mit vuller Fohrt ohn to bremsen op em to. Willi kann jüss noch mit een Sett anne Siet springen un so sien Leeven retten. Nu mutt he sik ierstmool op 'ne Bank blangen den Footweg verholen, to deep sitt de Schreck. As he dor so sitt, fallt sien Blick op de Lottotohlen, ohn dat he jüm wohrnimmt. Dat süht 'n jungen Mann, de vörbi kummt, he pliert gespannt op de Tohlen un froogt em needschierig:

„Glück hatt?"

„Jo ...., grootet Glück."

Die Clowns

Professor Akro geht abends gern noch mal in der freien Natur spazieren, um neue Ideen für seine Clownvorstellungen zu finden. In der frischen Luft, bei Mondschein und kleinen Wolken am Himmel, fällt ihm meistens etwas ein.

In Gedanken verteilt er die Rollen für die nächste Zirkusvorstellung.

Klaus soll doch man keine Purzelbäume mehr schlagen, sondern sich auf dem Balance-Balken bewegen und dort seinen urigen Spaß machen.

Die Purzelbäume sind besser für Rudi mit seinen kurzen Beinen und seiner witzigen Art.

Willi würde er gerne mit seinem wuscheligen Hund, dem braunen Chowmix Bonzo, der ihm seine Utensilien klaut, in der Manege herumtollen sehen. Die beiden stellt er sich zum kringelig Lachen vor.

Hanni ist neu bei den Clowns. Sie hat Professor Akro schon erzählt, was sie will. Sie will den Oberboss von den Clowns spielen und sich groß in Positur bringen.

Am nächsten Morgen bei den Proben kommt Hanni sofort auf die Rolle vom Oberboss zu sprechen.

De Clowns

Professor Akro geiht ovends giern noch ins inne free'e Natur spazeern, um neege Ideen för siene Clownvörstellungen to finn. Inne frische Luft, bi Moondschien un lütte Wulken an Heven, fallt em meistiet wat in.

In Gedanken verdeelt he de Rullen för de nöögste Zirkusvörstellung.

Klaus schall doch man keene Purzelbööm meer schloon, sünners sik op 'n Balance-Balken bewegen un dor sien urigen Spijök drieven.

De Purzelbööm sünd beter wat för Rudi mit siene korten Been un siene witzige Ort.

Willi dä he giern mit sien wuscheligen Hund, den bruunen Chowmix Bonzo, de em siene Utensilien klaut, inne Maneeje rumtulln sehn. De beiden stellt he sik to'n kringelig Lachen vör.

Hanni is neet bi de Clowns. Se hett Professor Akro all vertellt, wat se will. Se will den Overboss von de Clowns speelen un sik groot in Positur bringen.

Den annern Morgen bi de Proovn kummt Hanni foors op de Rull vun 'n Overboss to schnacken.

Darauf antwortet Professor Akro: „Dann lass dir man auch schnell einfallen, was du machen willst, und komm mir nicht mit Einfällen im Kopf von wegen, ˋich weiß nichts, ich habe keine Idee´, das gibt es nicht."

Nun wird Hanni nachdenklich und sagt verwundert: „Ich denke, die Ideen sind klar, und ich brauche sie nur zu spielen?"

Professor Akro erklärt: „So einfach ist das nicht, da muss man sein Gehirn schon tüchtig bei anstrengen, das spielt die größte Rolle. Wenn *das* nicht funktioniert, wird es nichts. Das ist bei allem so, egal, was man macht."

Mit dem Oberboss ist das nichts. Professor Akro weist ihr die Rolle der alten Clown-Mutter zu, bei der alles schief gehen muss, was nur schief gehen kann.

Die Proben laufen gut. Die Clowns haben ihre Rollen gut gelernt.

Nun ist die Vorstellung: An diesem Sonntagnachmittag haben hauptsächlich Kinder das Zelt gefüllt.

Bei Klaus` Balance-Balkengang geht es mit Hokuspokus und viel Albernheit hoch her. Er fällt immer wieder mit Krakeelen und witzigen Verrenkungen runter. Dabei reißt er sich die viel zu große kunterbunte Flicken-Hose kaputt und verliert dabei auch noch seine langen, zotteligen, schmuddeligen Haare, eine Perücke.

Dorob antert Professor Akro:

„Denn lot di man ook fix infalln, wat du moken wullt, un koom mi nich mit Grabben in Kopp vun wegen, `ik weet nix, ik hebb keene Idee`, dat gifft dat nich."

Nu warrt Hanni nodinklich un seggt verwunnert: „Ik dink, de Ideen sünd kloor, un ik bruuk dat bloots to speeln?"

Professor Akro verkloort: „So eenfach is dat nich, dor mutt ´n sien Brägenkassen al bannig bi anstrengen, de speelt de gröttste Rull. Wenn *de* nich funktioneert, denn warrt dat nix. Dat is bi allns so, egol, wat ´n mookt."

Mit den Overboss is dat nix, Professor Akro wiest ehr de Rull vun ´de ole Clown-Mudder` to, bi de allns scheef gohn mutt, wat jichens scheef gohn kann.

De Proovn loopt best af. De Clowns hebbt ehre Rulln goot liert.

Nu is de Vörstellung: An düssen Sünndagnomiddag hebbt tomeist Kinner dat Telt füllt.

Bi Klaus sien Balance-Balkengang geiht dat mit Hokusspokus un veel Spijöök hoch her. He fallt jummer wedder mit Krakeeln un witzige Verrenkungen runner. Dorbi ritt he sik de veel to groote kunterbunte Flickenbüx kaputt un verlüss dorbi ook noch siene langen, zotteligen un schmuddeligen Hoor, ´n Prüük.

Dass er die Perücke verliert und Willis Bonzo hinläuft und mit der Perücke wieder abhaut, ist nicht im Programm vorgesehen. Was nun? Klaus muss improvisieren. Nun muss es auch mit seinen eigenen, schon ein bisschen lichten Haaren gehen. Zum Glück ist die viel zu große rote Pappnase noch im Gesicht, woran ein Schnurrbart hängt. Die Kinder wollen sich kaputtlachen.

Rudis Purzelbäume sind so originell, dass man glauben mag, er steht mit seinem ganzen Leben dahinter. Dabei will er nur das Publikum, hauptsächlich die Kinder, mit seinem Spaßkram zum Lachen bringen. Das glückt ihm auch gut. Er trudelt wie ein unegaler Ball hin und her und reißt dabei das zwei Meter hohe Gestell der Seiltänzer um. Das Gestell jumpt wieder hoch, und Rudi sitzt oben auf dem Podest. Er jucheit und hampelt vor Freude herum. Nun holt er fünf Bälle aus seiner Hosentasche und fängt an zu jonglieren. Als ihm zwei davon ins Publikum fliegen, jumpt er gleich wieder mit dem Seil auf den Boden und jongliert weiter. Schon sitzt er wieder auf dem Podest. Als die letzten drei Bälle auch noch im Publikum landen, rutscht er ganz langsam an der Stange des Gestells runter auf den Boden. Er besinnt sich einen Augenblick, dreht sich nach allen Seiten um, und geht traurig und krummbuckelig langsam schlürfend aus der Manege. Das Publikum grölt laut

Dat he de Prüük verlüss un Willi sien Bonzo nu in Draff henlopp un mit de Prüük wedder afhau, is nich in 't Programm vörsehn. Wat nu? Klaus mutt improviseern. Nu mutt dat ook mit siene egen, all 'n beten lichten Hoor gohn. Ton Glück is de veel to groote rode Pappnees noch int Gesicht, wo 'n Schnoorboort anhangt. De Kinner wüllt sik kaputtlachen.

Rudi siene Purzelbööm sünd so originell, dat een glöven kann, he steiht mit sien ganzet Leeven dor achter. Dorbi will he bloots dat Publikum, meerstens de Kinner, mit sien Sposskroom to 'n Lachen bringen. Dat glückt em ook goot. He trüdelt as 'n unegolen Ball hen un her un ritt dorbi dat twee Meter hooge Gestell vun de Seildänzer um. Dat Gestell jumpt wedder hoch, un Rudi sitt dor boven op dat Podest. He jucheit un hampelt för Freid rum. Nu hoolt he fief Bälle ut de Büxentasch un fangt an to jongleern. As em twee dorvun in 't Publikum fleegt, jumpt he bums wedder mit dat Seil op 'n Bodden un jongleert wieder. Bums sitt he wedder boven op dat Podest. As de letzten dree Bälle ook noch in 't Publikum lannd, rutscht he ganz sutje anne Stang vun dat Podest op 'n Bodden. He besinnt sik 'n Ogenblick, dreiht sik no alle Sieden um, un geiht truurig un krumbuckelig sünnig schlürfend ut de Maneeje. Dat Publikum gröölt luut achter em her.

hinter ihm her.

Willi bringt mit Bonzo viel Spaß in die Runde. Bonzo ist nicht zu halten, wenn Willi die fünf aufgedrehten Spieluhrpuppen, in bunten Kleidern, nacheinander aus seiner Kiste holt, sie auf den Bußboden stellt und tanzen lässt. Eine nach der anderen klaut Bonzo ihm weg, gerade dann, wenn Willi sich umgedreht hat. Die Kinder rufen wie toll: „Willi, pass auf!"

Aber dann ist es schon zu spät. Bonzo hat schon wieder eine zu fassen und rennt damit raus. Nun sind alle Puppen weg. Ihr Glockenspiel ist noch zu hören. Willi dreht sich um und schaut mit einem dummen Gesicht in die Runde und fragt: „Wo sind die Puppen?"

„Die hat Bonzo weggeschleppt", ist dann von aufgeregten Kinderstimmen zu hören.

Willi greift wieder in seine Kiste und holt ein Knäuel wie einen kleinen Ball raus, das sich mächtig aufplustert. Auf einmal ist das ein großer bunter Vogel, der ein paar Meter steil in die Luft steigt, herumflattert und dann kräht wie ein junger Hahn. Prompt ist Bonzo zur Stelle und will sich den Vogel schnappen. Er bekommt ihn aber nicht zu fassen, so meint man. Bonzo läuft raus und der Vogel fliegt wie hypnotisiert hinter ihm her. Als er wieder reinkommt, bringt er eine Spieluhrpuppe mit, die immer noch spielt, stellt sie richtig auf die Beine, gerade, als Willi sich wieder umdreht und ein neues Knäuel aus der Kiste

Willi bringt mit Bonzo veel Sposs in de Runn. Bonzo is nich to holln, wenn Willi siene fief opdreihten Speelklockenpoppen, de bunte Kleeder an hebbt, een nonanner ut siene Kist hoolt, op 'n Footbodden stellt un jüm danzen lett. Eene no de annere klaut Bonzo em weg, jüss denn, wenn Willi sik umdreiht hett. De Kinner roopt wie dull: „Willi, pass op!"

Over denn is dat al to loot. Bonzo hett al eene wedder foot un rennt dormit ruut. Nu sünd all de Poppen weg. Jümehr Klockenspeel is noch to hörn. Willi dreiht sik um un kickt mit 'n dumm Gesicht inne Runn un froogt: „Wo sünd de Poppen?"

„De hett Bonzo wegschleept", is denn vun opregte Kinnerstimmen to hörn.

Willi langt wedder in siene Kist un hoolt dor 'n Knüüdel as 'n lütten Ball ruut, de sik mächtig oppluustert. Opmool is dat 'n grooten bunten Vogel, de 'n poor Meter steil inne Luft stigg, rumflattert un denn kreiht as 'n jungen Hohn. Promt is Bonzo to Steed un will sik den Vogel schnappen. He krigg em over nich foot, so meent man. Bonzo lopp ruut un de Vogel flügg as hypnotiseert achter em her. As he wedder rinkummt, bringt he 'ne Speelklockenpopp wedder mit rin, de jummer noch speelt, stellt se richtig op de Been hen, jüss, as Willi sik wedder umdreiht un een neeget Knüüdel ut de Kist hoolt un dat fleegen lett.

holt und es fliegen lässt.

Der Vogel plustert sich auf, steigt hoch, flattert herum und kräht los. Bonzo schnappt danach, bekommt ihn auch diesmal vermeintlich nicht zu fassen und läuft raus, der Vogel wieder hinter ihm her wie hypnotisiert. Das geht so lange, bis alle fünf Puppen wieder da sind und die fünf Vögel weg. Als Bonzo wieder reinkommt, fliegen alle fünf Vögel krähend und flatternd hinter ihm her. Nun kann man erkennen, dass sie an einen feinen Faden gebunden sind.

Der kleine Jan, der mit seiner Mama in der ersten Reihe sitzt, ist sehr aufgeregt und total begeistert und sagt: „Mama, ich will auch Clown werden, wenn ich groß bin!"

Zuletzt kommt Hanni als komische Alte verkleidet in ihrer Clown–Mutter–Rolle in die Manege. Dabei müssen Klaus, Rudi und Willi als ihre Clown–Kinder herhalten. Zuerst stolpert sie über ihre viel zu großen Schuhe und den viel zu langen zotteligen Rock und fällt der Länge nach hin. Dann verheddert sie sich in ihrem endlos langen, ungleichen bunten Schal mit langen Fransen, den sie sich doppelt um den Hals geschlungen hat.

Die drei Jungen sollen ihr wieder auf die Beine helfen, aber das können sie nicht, dazu stellen sie sich zu dusselig an.

54

De Vogel plustert sik op, stigg hoch, flattert rum un kreiht los. Bonzo schnappt dorno, krigg em over ook dütmool vermeentlich nich foot un lopp ruut, de Vogel wedder achter em her as hypnotiseert. Dat geiht so lang, bit alle fief Poppen wedder dor sünd un de fief Vogels weg sünd. As Bonzo wedder rinkummt, fleegt alle fief Vogels kreihnd un flatternd acher em her. Nu kann ´n sehn, dat se an ´n fien Band bunn sünd.

De lütte Jan, de mit siene Mama inne eerste Reeg sitt, is degt opgeregt un totol begeistert un seggt: „Mama, ik will ook Clown warrn, wenn ik groot bün!"

Toletzt kummt Hanni as komische Olsch verkleed in ehre Clown–Mudder–Rull in de Maneeje. Dorbi mööt Klaus, Rudi un Willi as ehre Clown–Kinner herholln. Toierst stolpert se över ehre veel to grooten Schoh un den veel to langen zotteligen Rock un fallt lang hen.
Denn vertüdelt se sik in ehrn endlos langen, unegolen bunten School mit lange Fransen an, den se sik duppelt um Hals schloon hett.
De dree Jungs schüllt ehr wedder op de Been helpen, over dat köönt se nich, dorto stellt se sik to dösig an.

Hanni hat eine große abgewetzte Tasche bei sich, aus der sie eine Schere holt, um den Schal durchzuschneiden und wieder auf die Beine zu kommen. Statt des Schals bekommt sie den rechten Daumen von Klaus zu fassen, der sofort stark blutet. Klaus fängt grässlich an zu schreien. Rudi muss ein Stück von Clown–Mutters Unterrock abschneiden, das sie als Verband benutzen will. Damit kommt Rudi nicht zurecht, Willi muss helfen, aber der läuft vor Schreck raus und ruft nur noch: „Ich kann kein Blut sehen!"

Nun fängt Clown–Mutter mächtig an, mit den Jungen zu schimpfen, weil sie so dusselig sind.

Auf einmal ist Bonzo wieder da, was nicht im Programm steht. Er verteidigt die Jungen und bellt Clown–Mutter so heftig an, dass sie vor Schreck vergisst, ihre Rolle zu spielen und rückwärts in die mit Wasser gefüllte Badewanne fällt, die hinter ihr steht. Das Publikum kreischt und jubelt vor Begeisterung. Bonzo rennt schnell wieder raus. Clown-Mutter Hanni rappelt sich mit Hilfe von Klaus und Rudi wieder auf. Sie reißt die Arme hoch und ruft laut: „Applaus! – Applaus!" um diesen Zwischenfall zu überspielen.

In ihrer nassen Kleidung sieht sie dermaßen witzig aus, dass man sie kaum wiedererkennt. Ihre langhaarige, zottelige, knallrote Perücke liegt noch in der Wanne.

Hanni hett 'ne groote afwetzte Tasch bi sik, wo se 'ne Schier ruuthoolt, um den School dörtoschnieden un wedder op de Been to komen. Statt den School kriggt se Klaus sien rechten Dumen fot, de forts dull blött. Klaus fangt gräsich an to bolken. Rudi mutt 'n Stück vun Clownmudder ehren Unnerrock afschnieden, dat se as Plünn för Klaus sien Dumen hebben will. Dor kummt Rudi nicht mit torecht, Willi schall helpen, over de lopp vor Schreck ruut un ropp bloots noch: „Ik kann keen Bloot sehn!"

Nu fangt Clownmudder mächtig an, mit de Jungs to schimpen, wieldat se so dösig sünd.

Opmool is Bonzo wedder dor, wat nich in 't Programm steiht. He verteidig de Jungs un bellt Clownmudder so dannig an, dat se sik hellsch verjoocht, vör Schreck ehre Rull to speelen vergitt un trüchors in de mit Woter füllte Bodwann plumpst, de achter ehr steiht. Dat Publikum kreischt un joolt vör Begeisterung. Bonzo stork gau wedder ruut. Clown–Mudder Hanni rappelt sik mit Help vun Klaus un Rudi, ehre Clown–Jungs, wedder op.

Se ritt de Arms hoch un ropp luuthals: „Applaus! – Applaus!" um düt Malöör to överspeelen.

In ehre natte Kledoosch süht se dermooten witzig ut, dat man se knapp wedderkennt. Ehre langhoorige, zottelige, knallrode Prüük ligg noch inne Wann.

Die rote, knollige Pappnase ist eingedrückt und verschoben, sitzt aber noch auf ihrer Nase.

Die echte Badewannen–Nummer wird ausgelassen. Eigentlich sollte Rudi hinter Klaus herlaufen, der ihn dauernd ärgert. Er sollte über die Badewanne stolpern und hineinfallen.

Zum Schluss sind alle vier in der Manege, winken dem Publikum zu und machen tiefe Verbeugungen, soll heißen: Danke!

De roote knullige Pappnees is indrückt un verschoben, sitt over noch op ehre Nees.

De echte Bodwann–Nummer warrt utloten. Dor schull Rudi achter Klaus herlopen, de em duurnt narrt un tarrt. He schull över de Bodwann stokeln un rinfalln.

To ´n Schluss sünd alle veer inne Maneeje, winkt dat Publikum to un mokt deepe Verbögen, schall heeten: Danke!

Das Lottoglück

Gerti ist eine junge Frau, die das Leben unbeschwert genießen kann dank ihrer Großeltern, die sie sehr unterstützt haben. Sie kann ihrem Wunschberuf als Kosmetikerin nachgehen, hat ihre eigene Wohnung mit allem, was dazu gehört und ist glücklich.

Gerti kennt keine Sorgen, im Gegensatz zu ihren Eltern und vor allen Dingen ihren Großeltern: Opa Hinrich, der vor zwei Jahren gestorben ist, und Oma Grete, die schlecht laufen kann und nun ganz alleine in ihrem kleinen Haus am anderen Ende des Dorfes wohnt. Sie gab ihr damals mit auf den Weg: „Gerti, vergiss mich nicht, schau mal rein."
Gerti hat versprochen, sie so oft wie möglich zu besuchen. Nur, dafür hat sie bis jetzt noch gar keine Zeit gehabt ihrer Meinung nach. Schon lange haben sie sich nicht mehr gesehen.
Oma Grete hat manchmal zu ihren Nachbarn gesagt: „Wenn Gerti doch mal käme. Ich habe so lange nichts von ihr gehört."
So etwas spricht sich im Dorf herum.

Anni und Karl Meyer, die gegenüber von Gerti wohnen, wissen das auch und machen sich Gedanken darüber, wie sie Gerti wohl dazu bringen können, ihre Oma zu besuchen.

Dat Lottoglück

Gerti is 'ne junge Froo, de dat Leven unbeschwert geneeten kann dank ehre Grootollern, de ehr dannig unnerstütt hebbt. Se kann ehren Wunschberuf as Kosmetikerin nogohn, hett ehre egene Wohnung mit allns, wat dorto hört un is glücklich.

Gerti kennt keene Sorgen, so as ehre Ollern un vör alln Dingen as ehre Grootollern: Opa Hinni, de vör twee Johr storven is, un Oma Grete, de schlecht to Foot is un nu ganz alleen in ehr lüttet Huus an 'n annern End vun't Dorp wohnt. Se geev ehr domols mit op den Weg: „Gerti, vergeet mi nich, kiek mool in."
Gerti hett versproken, ehr so foken as dat geiht to besöken. Bloots, dorför harr se bet nu noch gor keen Tiet hat, ehre Meenung no. Al lang hebbt se sik nich meer sehn.
Oma Grete hett mitunner to ehre Novers seggt: „Wenn Gerti doch mool keem. Ik hebb so lang nix vun ehr hört." Sowat schnackt sik in 't Dorp rum.

Anni un Korl Meyer, de gegenöver von Gerti wohnt, weet dat ook un mookt sik Gedanken doröver, wi se Gerti wull dortu bringen könnt, ehre Oma to besöken.

Gerti geht oftmals zum Plausch zu ihnen. Dann schwärmt sie davon, was sie wohl machen würde, wenn sie viel Geld im Lotto gewinnen würde. Sie tippt regelmäßig die gleichen Zahlen, aber Glück hat sie damit noch nicht gehabt.

Als sie nun wieder an einem schönen Sommertag bei Anni und Karl zu Besuch ist, fragt Karl sie:

„Wie viel hat es denn gebracht?"

„Wieso, wie viel, was meinst du damit?"

„Ich meine, wie hoch sind die Quoten?"

„Was für Quoten?"

„Na, die Lottoquoten natürlich."

„Die Lottoquoten? Ich habe nichts gewonnen."

„Nein, du nicht, aber deine Oma hat doch den Jackpot geknackt. Da ist sicher viel bei herausgekommen."

Gerti erschrickt sich sehr, als sie das hört und antwortet leise:

„Davon weiß ich nichts."

„Wieso weißt du das nicht? Oma Grete hat nur einmal getippt und gleich das große Los gezogen."

Bei dieser Nachricht läuft Gerti im Gesicht rot an. Karl beobachtet sie genau. Die Worte bleiben ihr im Munde stecken. Sie wird zusehends nervös. Ihre Hände gehen unruhig hin und her. Sie kann nicht mehr still sitzen.

Auf einmal hat sie es eilig und sagt mit zittriger Stimme: „Ich habe keine Zeit mehr, ich muss noch was tun."

Gerti geiht foken ins no jüm to ′n Klönschnack röver. Denn schwarmt se dorvun, wat se wull moken wöör, wenn se veel Geld in Lotto gewinnen dä. Se tippt regelmäßig de sülvigen Tohlen, over Glück hett se dormit noch nich hatt.

As se nu wedder an ′n scheunen Sommerdag bi Anni un Korl to Besöök is, froogt Korl ehr:

„Wo veel hett dat denn brocht?"

„Woso, wo veel, wat meenst du dormit?"

„Ik meen, wo hoch sünd de Quoten?"

„Wat vun Quoten?"

„Na, de Lotto–Quoten natürlich."

„De Lottoquoten? Ik hebb nix wunn", verkloort Gerti.

„Nee, du nich, over diene Oma hett doch den Jackput knackt. Dor is seker masse bi ruutkomen."

Gerti verjoogt sik bannig as se dat hört un antert lüttluut:

„Dor weet ik nix vun af."

„Woso weest du dat nich? Oma Grete hett bloots eenmool tippt un glieks dat groote Los togen."

Bi düsse Noricht loppt Gerti in ′t Gesicht root an. Korl beluurt ehr nipp. De Wöör blievt ehr in Mund stohn. Se warrt tosehnt jiddelig. Ehre Hann goht kribbelig hen un her. Se kann nich meer still sitten.

Op eenmool hett se dat hild un seggt mit tatteriger Stimm: „Ik hebb gor keen Tiet meer, ik mutt noch wat doon."

„Was musst du denn tun?" fragt Karl sie.

„Ich muss meine Oma Grete besuchen." Und weg ist sie.

Anni hat diesen Dialog mit angehört. Sie wundert sich sehr und fragt Karl: „Was redest du da? Oma Grete hat den Jackpot geknackt?"

„Nein, Anni, sie tippt doch gar nicht. Aber nun hat Gerti doch mal Zeit, ihre Oma zu besuchen."

„Wat muss du denn doon?" froogt Korl ehr.

„Ik mutt mine Oma Grete besööken." Un weg is se.

Anni hett den Dialog mit anhört. Se wunnert sik, un froogt Korl: „Wat schnackst du dor? Oma Grete hett den Jackput knackt?"

„Nee, Anni, se tippt doch gor nich. Over nu hett Gerti doch ins Tiet, ehre Oma to besöken."

Tanz auf der Diele

Wenn es früher, kurz nach dem Kriege, hieß, Feuerwehrball, Sängerball oder Sportball steht an, dann waren nicht nur die jungen Leute aufgeregt, auch de älteren. Dann konnten sie die Zeit nicht mehr abwarten, bis es los ging. Einen Tanzsaal gab es damals nicht. Große Feste wurden auf der Diele gefeiert und dann im Sommer, wenn das Vieh draußen war.
Die Diele von Jan Grund war die größte im Dorf, und die wurde dazu hergerichtet. Alles, was im Wege stand, kam raus. Die Pferdeboxen, die Kuhkrippen und der Speicher über den Ställen, wo manchmal die Katzen und die Hühner noch drin waren, wurden mit Laken zugehängt. Die Kuhlen im Lehmfußboden mussten jedes Jahr neu ausgefüllt und glatt gemacht werden, sonst könnte man ins Stolpern kommen. Das passierte auch trotzdem noch oftmals. Tische und Stühle wurden ausgeliehen. Zu trinken gab es genug – Bier und selbst gebrannten Fusel. Der tat dann auch sein Teil.
Wenn die Vorreden vorbei waren, nahm Hannes sein Akkordeon und Rudi seine Geige und los ging es, quer über den Saal.

Peter hatte es zum Tanzen auf Anni abgesehen und eilte auf sie los, als die Musik anfing. Das war ein flotter Marsch.

Danz op de Deel

Wenn 't fröher, kort non Krieg, heeten dä, Füürwehrball, Sängerball orer Sportball steiht an, denn worrn nich bloots de jungen Lüüd hiddelig, ook de ölleren. Denn kunn se de Tiet nich meer aftöven, bit dat los gung. Een Danzsool geev dat domols nich. Groote Feste worrn op de Deel fiert, un denn in Sommer, wenn dat Veeh buten wüür.

De Deel vun Jan Grund wöör de grötste in Dorp, un de worr dorto herricht. Allns, wat in Weg stunn, kööm ruut. De Peerboxen, de Kohkrüppen un de Hillen, wo mennichmool de Katten un de Höhner noch in wöörn, worrn mit Loken tohungen. De Kuhlen in Lehmfootbodden mussen jedes Johr neet utfüllt un glatt mookt warrn, anners kunn in 't Stokeln komen. Dat posseer ook foken nochins. Dische un Stöhl worrn utlehnt. To drinken geev dat noog – Beer un sülvsbrennten Fusel. De dä denn ook sien Deel.

Wenn de Vörreden vörbi wöörn, nohm Hannes siene Quetschkommood un Rudi siene Fidel un los gung dat, quer övern Sool.

Peter harr dat ton Danzen op Anni afsehn un stork glieks op ehr dool, as de Musik anfung. Dat wöör 'n flotten Marsch.

Den nächsten Tanz bestellt er bei ihr, weil er diesen auch wieder mit ihr tanzen will. Auf gar keinen Fall soll ihm jemand zuvorkommen. Als die Musik wieder anfängt, ist Klaus zuerst bei Anni und fragt höflich: „Darf ich bitten?" Anni antwortet freundlich: „Danke, ich bin bestellt."

Klaus ist sehr erschrocken und hält sich erst mal an der Bierflasche fest. Bei Damenwahl holt Tille ihn zum Tanzen. Nun ist bei Klaus wieder alles in Ordnung.

Beim Walzer sind alle auf den Beinen. Auch Otto und Mimi sind dazwischen, beide schon über siebzig, und tanzen, was sie können. Mimi hat ihre feine, mit großen Luftmaschen gehäkelte Stola um, weil es ihr um die Schulter etwas kühl ist. Als sie so richtig in Schwung sind, kommt Willi mit seiner Helma im flotten Dreh wohl ein bisschen zu dicht an Mimis Stola und bleibt prompt mit dem untersten Knopf vom Ärmel seiner Jacke daran hängen und zieht Mimi blitzschnell die Stola von der Schulter. Willi fällt vor Schreck hin und zieht Helma mit runter.

„Was ist denn mit dir los, bist du jetzt schon betrunken?" fragt Helma.

„Nein, das nicht, ich bin an etwas hängen geblieben", stottert Willi. Nun merkt er, dass Mimis Stola an seinem Ärmel hängt.

Den nöögsten Danz bestellt he bi ehr, wieldat he düssen ook wedder mit ehr afpedden will. Op gor keen Fall schall em eener tovör komen. As de Musik wedder anfangt, is Klaus toierst bi Anni und froogt höflich: „Drööv ich bitten?" Anni antert fründlich: „Danke, ik bün bestellt."
Klaus is heel verbaast un hollt sik ierstmool an Beerbuddel fast. Bi Damenwahl hoolt Tille em ton Danzen. Nu is bi Klaus wedder allns inne Reeg.

Bi Walzer sünd alle op de Been. Ook Otto un Mimi sünd dor meernmank, beide al över söventig, un danzt, wat se köönt. Mimi hett ehre feine, mit groote Luftmaschen häkelte Stola um, wieldat ehr dat um de Schuller rum ′n beten köhlich is. As se so richtig in Schwung sünd, kummt Willi mit siene Helma in flotten Dreih wull ′n beten to dicht an Mimi ehre Stola ran un blifft promt mit ′n ünnersten Knoop vun sien linken Jackenärmel doran hangen un tütt Mimi mit eens de Stola vun de Schuller. Willi fallt vör Schreck hen un tütt Helma mit dool.
„Wat is denn mit di los, büs nu all duhn?" froogt Helma.
„Nee, dat nich, ik bün enerwegens an hangen bleven", stomert Willi. Nu markt he, dat Mimi ehre Stola an sien Ärmel hangt.

Mimi ist ins Wanken gekommen. Sie hält sich sofort an Otto fest und schreit aus Versehen um Hilfe, als ihre Stola weg ist und ruft ängstlich: „Otto, hier ist einer, der klaut; meine Stola ist weg!"

„Nein Mimi, hier klaut keiner, deine Stola hängt bei Willi am Ärmel". Das hat Otto schon gesehen und beruhigt sie nun. Auch die anderen kommen aus dem Takt. Sogar die Musiker hören auf zu spielen. Nach einer kleinen Pause geht es weiter, ohne Mimis Stola.

Lissi tanzt gerade mit Karl, als ihr auffällt, dass ihr Rock in der Taille immer lockerer wird. Spontan sagt sie zu Karl: „Du Karl, ich muss sofort nach Hause, ich habe etwas vergessen. Es ist ja auch schon spät, schon nach zehn. Bring mich man zum Ausgang, und dann verschwinde ich". Karl wundert sich und fragt: „Was hast du denn vergessen? Alleine lass ich dich im Dunkeln nicht laufen, dann gehe ich mit dir."

„Das brauchst du nicht, ich habe es ja nicht weit", antwortet sie. Straßenbeleuchtung gab es nicht. Er tanzt mit ihr zum Ausgang. Sie hält den Rock unauffällig vor dem Bauch fest, damit er nicht runterrutscht. Karl soll auf gar keinen Fall merken, warum sie nach Hause muss. Aber er lässt nicht nach und geht mit.

Mimi is in't Schwanken komen. Se hollt sik mit eens an Otto fast un bolkt ut Versehn um Hölp, as ehre Stola weg is un roppt banghaftig: „Otto, hier is een, de klaut; miene Stola is weg!"
„Nee Mimi, hier klaut nums, diene Stola hangt bi Willi an Ärmel". Dat harr Otto al sehn un beruhig ehr. Ook de annern kööm ut 'n Takt. Sogor de Muskanten hörn op to spelen. No 'n lütte Pause geiht dat wieder, ohn Mimi ehre Stola.

Lissi danzt jüst mit Korl, as ehr opfallt, dat ehr Rock inne Tailje jummer loser warrt. Gau seggt se to Korl: „Du Korl, ik mutt foorts no Huus, ik hebb wat vergeten. Dat is jo ook al loot, al no teihn. Bring mi man gau no 'n Utgang, un denn verschwinn ik". Korl wunnert sik un froogt: „Wat hess du denn vergeten? Alleen lot ik di in Düstern nich lopen, denn goh ik mit di."
„Dat bruukst du nich, ik hebb dat jo nich wiet" antert se. Strootenlampen geev dat nich. He danzt mit ehr non Utgang. Se hollt den Rock unopfällig vörn Buuk fast, dormit he nich runnerrüscht. Korl schall op gor keen Fall marken, worum se no Huus mutt. Over he lett nich no un geiht mit.

„Warum hältst du deinen Bauch fest, hast du Leibschmerzen?" will Karl wissen.

„Nein, habe ich nicht. Ich muss nur eben nach Hause, ich habe meinen Schlüssel vergessen. Warte hier man einen Augenblick." Und weg ist sie.

Lissi findet schnell eine Sicherheitsnadel und sticht die beiden Gummibandenden von ihrem Rock zusammen. Nun sitzt er wieder fest. Umziehen kann sie sich nicht, sie hat kein anderes Zeug zum Tanzen. Ihr Rock ist Kriegsware und taugt nicht viel. Aber Lissi kennt das nicht anders mit ihren siebzehn Jahren. Sie läuft wieder raus und hofft insgeheim, dass Karl auf sie wartet. Klar wartet Karl, und sie gehen zurück zum Tanzen, – oder auch nicht. Das braucht niemand zu wissen.

„Worum hollst du dien Buuk fast, hess du Lievweh?" will Korl weten.

„Nee, hebb ik nich. Ik mutt bloots eben no Huus, ik hebb mien Schlötel vergeten. Töv hier man 'n Ogenbkik." Un weg is se.

Lissi find gau 'n Sekerheitsnodel und stickt de beiden Gummibandenn vun ehren Rock tohoop. Nu sitt he wedder fast. Umtehn kann se sik nich, se hett keen annere Kleedoosch ton Danzen. Ehr Rock is Kriegswoor un döcht nich veel. Over Lissi kennt dat nich anners mit ehre söventeihn Johr. Se loppt wedder ruut un hopt inwendig, dat Korl op ehr tövt. Klor tövt Korl, un se goht trüch ton Danzen, – orer ook nich. Dat bruukt müms to weten.

Der Herr im Haus

Vor langer Zeit waren Tetje und Frierk nicht nur Kollegen, sie waren auch dicke Freunde und arbeiteten viele Jahre zusammen bei der Eisenbahn im Nachbarort. Die paar Kilometer zur Bahn fuhren sie mit dem Fahrrad. Wenn ein Fahrrad mal kaputt war, fuhren beide mit dem anderen. Im Notfall ging das.

Die Bahnmitarbeiter waren für alles zuständig, mal als Schrankenwärter und mal als Fahrkartenkontrolleur. Die Fahrkarten wurden kontrolliert, bevor die Reisenden in den Zug steigen konnten. Die meiste Arbeit wurde mit der Hand gemacht. Elektrische Geräte gab es noch nicht viele.
So war das früher.

Damals gab es noch Wochenlohn. Jeden Freitag verteilte Grete, die für die Büroarbeit zuständig war, die Lohntüten an die Kollegen mit den Abrechnungen und dem Lohn als Bargeld darin. Lohnkonten bei den Sparkassen gab es noch nicht.

Als Frierk an einem Freitag wegen Kopfschmerzen nicht zur Arbeit gehen konnte, holte seine Frau Anni die Lohntüte ab und sah gleich nach, ob das Geld stimmt. – Da waren ja zehn

De Herr in Huus

Vör lange Tiet wöörn Tetje un Frierk nich bloots Kollegen, se wöörn ook dicke Frünn un arbeiten lange Johrn tohoop bi de Isenbohn in Noverort. De poor Kilometer no de Bohn sünd se mit 't Fohrrad föhrt. Wenn ins een Rad nich meer wull, denn seeten se beide op dat annere. In Notfall gung dat.

De Bohnlüüd wöörn för allns tostännig, mool as Isenbohnbalkenopundoldreiher un mool as Fohrkortenknieper. De Fohrkorten worrn al nokeken un 'n Lock inknepen, bevör de Fohrgäste in 'n Tog instiegen kunn. Dat meerste worr noch mit de Hand mookt. Elektrischen Kroom geef dat noch nich veel.

So wöör dat fröher.

Domools geef dat noch Wekenlohn. Jeden Freedag verdeel Grete, de för den Bürokroom tostännig wöör, de Lohntüten an de Kollegen mit de Afreknungen un den Lohn as Borgeld dorin. Mit Lohnkonten bi de Spoorkass wöör dat noch nix.

As Frierk ins wegen Koppwehdog an een Freedag nich no Arbeit gohn kunn, hool siene Anni de Lohntüüt af un keek glieks rin, of dat Geld ook stimm dä. – Dor wöörn jo tein Mark

Mark mehr drin! – Sie zählt noch mal nach, wahrhaftig – zehn Mark mehr! – Das stimmte mit der Abrechnung überein. Als sie das sah, wurde sie ärgerlich.

Die Lohnerhöhung von vor vier Wochen hatte Frierk ihr verschwiegen. Damit hat er sein Taschengeld aufgebessert. Anni hat es ihm immer sehr knapp zugeteilt.

Sie hielt Haus und Hof in Ordnung, das klappte alles gut. Nur mit dem Geld war sie sehr sparsam.

Zu Hause angekommen, schimpfte sie los: „Was fällt dir ein, du Aaskerl, mich so zu betrügen, du solltest dich schämen!"

Mit dem Nudelholz ging sie auf ihn los.

Frierk kam nicht dazu, irgendetwas zu sagen. Er konnte nur noch schnell im Wohnzimmer unter den Tisch kriechen, um ihrer Wut zu entgehen.

Da saß er nun und wartete ab, was noch passieren würde.

Anni hatte sich allmählich ausgetobt mit Schimpfen und Ballern. Sie war gerade in der Küche, als es an der Tür klopfte.

Tetje kam rein und wollte wissen, wie es Frierk geht.

„Frierk ist in der Stube, geh man rein", sagte Anni kurz und schnippisch.

meer in! – Se tell noch ins no, wohrraftig – tein Mark meer! – Dat stimm mit de Afreken övereen. As se dat sehg, worr se fünsch.

De Lohnerhöhung von vör veer Weken harr Frierk ehr verschwegen. Dormit hett he sien Taschengeld opbetert. Anni deel em dat jummer bannig knapp to.

Se heel Huus un Hoff inne Reeg, dat klapp all goot. Bloots mit Geld wöör se oosig kniepig.

To Huus ankomen, schamfuder se los: „Wat fallt di in, du Ooskirl, mi so to anschüren, schoom schullst di wat!"

Mit Nudelholt gung se op em dool.

Frierk kööm nich sowiet, jichens wat to seggen. He kunn bloots noch gau inne Stuuv unnern Disch krabbeln, um ehr Gejachter ut ´n Weg to gohn.

Dor seet he nu un tööv af, wat wull noch posseern warrd.

Anni harr sik bilütten uttoovt mit Schimpen un Rumtösen. Se wöör jüss inne Köök, as dat anne Döör kloppen dä. Tetje kööm rin un wull weten, woans Frierk dat geiht.

„Frierk is inne Stuuv, goh man rin", anter Anni kort un schnippisch.

Als Tetje in die Stube kam, saß Frierk immer noch unterm Tisch. Tetje wundert sich sehr und fragt ihn: „Was ist denn mit dir los, warum sitzt du da unterm Tisch?"

Dass Tetje ihn unterm Tisch sitzen sah, war Frierk total peinlich.

Darauf rief er laut und deutlich: „Ich bin der Herr im Haus, ich kann mich hinsetzen, wo ich will!"

As Tetje inne Stuuv kööm, seet Frierk jummer noch unnern Disch. Tetje wunner sik hellsch un froog em: „Wat is denn mit di los, worum sitzt du dor unnern Disch?"

Dat Tetje em so to sehn kreeg, wöör Frierk dull schanierlich.

Dorop reep he luut un düütlich: „Ik bün de Herr in Huus, ik kann mi hensetten, wo ik will!"

Die Sekretärin

Rieke Strenge ist nun schon ein Jahr als Sekretärin in der Firma Buur & Co, Großhandel für Lebensmittel und hat sich gut eingelebt. Anfangs gab es ein paar Schwierigkeiten, aber jetzt geht es gut. Das Büro gefiel ihr nicht, und deshalb hat sie gleich am ersten Tag die Einrichtung in ihrem Büro umgestellt. Ihr neuer Chef, Hans Meyer, hatte nichts dagegen. Als sie auch sein Büro umstellen wollte, hat er sich mächtig quer gestellt. Sie hat ihm alle Vorteile, die er dadurch hat, aufgezählt, aber sie konnte ihn nicht überzeugen. Dann muss es eben bleiben, wie es ist, er will es ja nicht anders, sind ihre Gedanken.

Rieke ist eine attraktive, gepflegte Frau, Mitte dreißig und ohne Anhang. Der Beruf ist ihr Lebensinhalt. Manchmal ist es schwer für sie, mit dem Chef auszukommen. Sie findet seine altmodischen Handlungsweisen und Redensarten langweilig. Sie ist selbstständiges Arbeiten gewohnt und versucht auch hier, ihre Meinung durchzusetzen. Leider hat ihr Chef zu viele Einwendungen. Er gibt ihr zu wenig Entscheidungsfreiheit, obwohl er weiß, dass sie sich voll und ganz für die Firma einsetzt.
Hans Meyer hat schon bei der Vorstellung ihre starke Persönlichkeit wahrgenommen.

De Sekretärin

Rieke Strenge is nu al een Johr as Sekretärin inne Firma Buur un Co, Groothannel för Lebensmittel un hett sik goot inleevt. Anfangs geev dat 'n poor Scheerereen, over nu geiht dat. Dat Büro gefull ehr nich, un dorum hett se glieks an iersten Dag de Inrichtung in ehr Büro anners stellt. Ehr neege Chef, Hans Meyer, harr nix dorgegen. As se ook *sien* Büro umstellen wull, hett he sik bannig quer stellt. Se hett em alle Vördeele, de he dordör harr, optellt, over se kunn em nich övertügen. Denn mutt dat eben blieven, as dat is, he will dat jo nich anners, sünd ehre Gedanken.

Rieke is 'n stootsche, pleegte Froo, Mitte dörtig un ohne Anhang. De Beruf is ehr Leevensinholt. Mennichmool is dat schwoor för ehr, mit den Chef uttokomen. Se find sien oltmodsche Handlungswies un Redensort stink langwielig. Se is sülvsständiget Arbeiten went un versöch ook hier, ehre Meenung dörtosetten. Leider hett ehr Chef toveel Inwendungen. He giff ehr to wenig Entscheedungsfreeheit, liekers he weet, dat se sik vull un ganz för de Firma insett.
Hans Meyer hett al bi de Vörstellung ehre starke Persönlichkeit wohrnohmen.

Eine forsche Person sollte es sein, weil der Umgang mit seinen Mitarbeitern Autorität fordert. Er meint, sie bringt alle Voraussetzungen für diese Tätigkeit mit. Den richtigen Umgang mit Kunden und Lieferanten setzt er voraus. Aber das musste sie erst noch lernen.

Von den Kollegen wurde sie manchmal als `schreckliche Alte´ betitelt, nur weil sie von ihnen verlangte, ihr die Arbeitspläne und Fahrtenschreiber vollständig und pünktlich vorzulegen. „Diese Anweisung bestimme ich", gab sie ihnen klar und deutlich zu verstehen.

„Ja ja", war die nebensächliche Antwort, und alles blieb beim Alten. Mit einem großen `Donnerwetter´ hat sie sie zur Ordnung gerufen, und – siehe da – jetzt klappt es. So peu a peu hat sich das Verhältnis einigermaßen normal eingespielt. Einige munkeln untereinander: „Seit die Strenge in der Firma ist, hat sich vieles verändert. Sie versteht es sogar, den Chef umzustimmen. Zu Hause hat sie wohl nichts zu melden, deshalb müssen *wir* herhalten."

Auf der anderen Seite finden sie es gut, dass im Chef–Büro der Wind anders weht. Auf Pünktlichkeit wird mehr geachtet, Termine werden eingehalten. Das merken die Kunden auch, Der Umsatz ist gestiegen.

An Genauigkeit übertrifft sie niemand.

Eene forsche Person schull dat ween, wieldat de Umgang mit siene Mitarbeiter Autorität fordert. He meent, se bringt alle Vörrutsetzungen för düsse Arbeitssteed mit. Den richtigen Umgang mit Kunden un Leveranten sett he vörruut. Over dat muss se ierst noch liern.

Vun de Kollegen worr se mitunner as `gräsige Olsch´ benömt, bloots wieldat se vun jüm verlangt, ehr de Arbeitspläne un Fohrtenschriever vullstännig un pünktlich vörtoleggen.

„Düsse Anwiesung bestimm ik", hett se jüm kloor un düütlich to verstohn geven.

„Jo jo", wöör de bifällige Anter, un allns bleev bi ´n Olen. Mit een groodet ´Donnerwedder` hett se jüm to Ordnung ropen, un – zsüh dor – nu klappt dat. So peu a peu hett sik dat Verhältnis enigermooten normool inspeelt. Welk munkelt unnereenanner:

„Siet de Strenge inne Firma is, hett sik veel verännert. Se versteiht dat so gor, den Chef umtostimm. To Huus hett se wull nix to melln, dorum mööt *wi* herhollen."

Ob de annere Siet find se goot, dat in ´t Chef–Büro de Wind anners weiht. Ob Pünktlichkeit warrt meer acht, Termine warrt inhollen. Dat markt de Kunden ook. De Umsatz is stegen.

An Genauigkeit överdroppt ehr nums.

Nur ihre Arroganz stört sehr. Wenn sie im Anmarsch ist, sieht jeder zu, dass er ihr nicht begegnet.

Mit den Kunden kommt sie inzwischen gut zurecht. Zuerst ging es gar nicht. Einige haben sich über ihre eigenwillige Art beschwert. Da verlangte der Chef, dass sie sich bei ihnen entschuldigt. Das fiel ihr sehr schwer. Als sie sich dazu überwunden hatte und sachlich mit ihnen ins Reden kam, war das Eis gebrochen, und das Verhältnis besserte sich. Rieke hat ihr Verhalten in gewisser Weise geändert und kann somit als Sekretärin in der Firma Buur und Co bestens bestehen.

Bloots ehre Arroganz stört bannig. Wenn se in Anmarsch is, süht jeder to, dat he ehr nich bemööt.

Mit de Kunden kummt se bilütten goot torecht. Erst gung dat gor nich. Welk hebbt sik över ehre egenwillige Ort beschwert. Dor verlangt de Chef, dat se sik bi jüm entschulligt. Dat full ehr verdorri schwoor. As se sik dorto överwunden harr un sachlich mit jüm in 't Schnacken kööm, wöör dat Ies broken, un dat Verhältnis hett sik betert. Rieke hett ehr Verhollen in gewisser Wies ännert un kann somit as Sekretärin bi de Firma Buur un Co best bestohn.

Das Gewissen

Otto ist schon ziemlich in den Jahren und schlecht zu Fuß. Sein Ziehen in den Knochen wird auch nicht besser. Der Arzt meint, er soll viel in der frischen Luft spazieren gehen. Nun macht er jeden Tag mit seinem Hund Bello einen Rundgang durch die Wiesen. Er trifft Karl, der in seiner Weide arbeitet und sagt:

„Guten Morgen, Karl, was machst du da?"

„Ich mache meinen Zaun heil, da sind ein paar Drähte kaputt, sonst kann das Vieh ausbrechen."

Karl lässt sich in seinem Hantieren nicht stören. Und Otto sagt:

„Mir sind eben sechs Stück Jungvieh begegnet, aber deine sind das ja nicht."

„Wie sehen die denn aus?" fragt Karl beiläufig.

„Wie sehen *deine* denn aus?" will Otto wissen. Karl erklärt:

„Zwei haben eine weiße Blesse auf der Stirn, zwei eine schwarze und zwei haben gar keine".

Otto erzählt: „Von vorne konnte ich sie nicht sehen, die standen da herum und sahen zur Seite, als ob sie in den Weg zu Bauer Meyer einbiegen wollten."

„Und wie sehen sie von hinten aus?" fragt Karl.

„Von hinten konnte ich sie auch nicht sehen, weil sie mit dem Kopf zu mir standen. Wo hast du dein Jungvieh denn laufen?"

Dat Geweten

Otto is al teemlich inne Johren un schlecht to Foot. Sien Rieten inne Knoken warrt ook nich beter. De Dokter meent, he schall veel inne frische Luft spazeern gohn. Nu mookt he jeden Dag mit sien Hund Bello ´n Rundgang inne Wischen. Dor dropt he Korl, de in siene Weide togangen is un seggt: „Moin, Korl, wat mooks du dor?"

„Ik mook mien Rickels heel, dor sünd ´n poor Dröh twei, anners kunn mi dat Veh utbüxen."

Korl lett sik in sien Hantieren nich stören. Un Otto seggt: „Mi sünd eben süss Stück Jungveh begegend, over dien sünd dat jo nich."

„Wo seht de denn ut?" froogt Korl bifällig.

„Wo seht *dien* denn ut?" will Otto weeten. Korl verkloort: „Twee hebbt ´n witte Bleess vörn Kopp, twee ´n schwatte un twee hebbt gor keen."

Otto vertellt: „Von vörn kunn ik jüm nich sehn, de stunn dor rum un keeken no de Siet, as of se in Weg no Buur Meyer inbögen wulln."

„Un wo seht se vun achtern ut?" froogt Korl.

„Vun achtern kunn ik jüm ook nich sehn, wieldat se mit ´n Kopp no mi stunn. Wonehm hess du dien Jungveh denn lopen?"

Karl antwortet listig: „Auf der Koppel hinterm Knick, hier sollen die Bullen rauf. Wenn die ausbrechen und du denen begegnest, dann kannst du wieder laufen, und dein Reißen in den Knochen ist auch weg." Otto ruft ängstlich: „Nein nein, so etwas will ich nicht erleben!"

Er besinnt sich einen Augenblick und fragt dann nachdenklich: „Wessen Jungvieh ist mir denn begegnet?" Otto ist neugierig.

Karl antwortet: „Kann sein, dass sie Bauer Meyer gehören, die ihm neulich von der Weide gestohlen wurden, aber das glaube ich nicht, die leben sicher nicht mehr." Otto meint: „Ausgebrochen sind die nicht, Bauer Meyer hat seine Zäune in Ordnung, und das Tor war zu. Vielleicht haben die Diebe kalte Füße bekommen und sie einfach irgendwo laufen lassen, und nun haben sie den Weg nach Hause wiedergefunden."

Bauer Meyer kommt mit dem Fahrrad angefahren und ruft schon von weitem: „Mein Jungvieh ist wieder da! Wenn die Tiere sprechen könnten, wüssten wir mehr!"

Das Jungvieh kann nicht sprechen, aber Ottos Bello konnte mit seiner Schnuppernase den Weg zurück verfolgen, wo sie eingesperrt waren. Das ist gar nicht weit, ein paar mal um die Ecke, und er war bei Hinrich Lehmann auf dem Hof, dem es zur Zeit finanziell nicht gut geht.

Otto sagt: „Sieh an, nun hat ihn doch noch das Gewissen geplagt."

Korl antert linkisch: „Op`e Koppel achtern Knick, hier schüllt de Bullen rop. Wenn de utbreekt un du jüm bemööts, denn kanns wedder lopen, un dien Rieten inne Knoken is ook weg."

Otto roppt banghaftig: „Nee nee, so wat will ik nich beleeven!" He besinnt sik 'n Ogenblick un froogt nodinklich: „Wokeen sien Jungveh is mi denn bemööt?" Otto is needschierig.

Korl antert: „Kann ween, dat Buur Meyer sien dat sünd, de se em annerletzt vun de Weid klaut hebbt, over dat gläuf ik nich, de leevt seker nich meer."

Otto meent: „Utbroken sünd de nich, Buur Meyer hett sien Rickels inne Reeg, un dat Heck wöör to. Villicht hebbt de Deven kole Fööt kregen un jüm jichens enerwegens lopen loten, un nu hebbt se den Weg no Huus wedderfunn."

Buur Meyer kummt mit Fohrrad anförn un roppt al vun wieden: „Mien Jungveh is wedder dor! Wenn de Deerten schnacken kunn, wussen wi meer!"

Dat Jungveh kann nich schnacken, over Otto sien Bello kunn mit siene Schnuppernees den Weg utmoken, wo se insparrt ween sünd. Dat is gor nich wiet, 'n poor mool umme Eck, un he wöör bi Hinni Lehmann op 'n Hoff, den dat upstuns teemlich kniepsch mit Geld geiht.

Otto seggt: „Zsüh, nu hett em doch noch dat Geweten ploogt."

Der Papagei

Ari kam schon als Küken – gerade aus dem Ei geschlüpft – zu Anni. Sie hat ihn besonders gut umsorgt und immer mit ihm gesprochen und mit ihm gesungen, gerade so, als sei er ihr Kind. Ari konnte schon bei Zeiten ganze Sätze sprechen und Kinderlieder singen. Im Käfig sitzt er eigentlich nur noch nachts und wenn er draußen ist, oder wenn Besuch da ist.

Wenn Nachbar Otto Spinn kommt, dann ist Anni außer sich und Ari auch. Das ist ein Kerl, den niemand ertragen kann. Er ist hinterhältig, ungepflegt und großprahlerisch. Oft sitzt er in der Kneipe und redet über andere Leute. Er weiß alles – und alles besser, auch über Anni und ihren Ari.

Als Otto wieder einmal im Anmarsch ist, ruft Anni ihm laut und deutlich entgegen: „Dich Klugscheißer will ich hier nicht haben!" Otto kümmert sich gar nicht darum und kommt einfach rein. Nur mit Ari hat er nicht gerechnet. Er ist nicht im Käfig und setzt sich sofort auf seinen Kopf und wühlt in seinen Haaren herum. Seine langen, bunten Kopf– und Nackenfedern stehen steil hoch. Die scharfen Krallen ziehen Bahnen über seinen Kopf und übers Gesicht. Und dann schreit er lauthals in einer Tour wohl zehn Mal hintereinander: „Dich Klugscheißer will ich hier nicht haben!......!"

De Papagei

Ari is al as Küken – jüss ut Ei ruut – no Anni henkomen. Se hett em sünnerlich betüdelt, em jummer wat vertellt un mit em sungen, jüss so, as wöör he ehr Kind. Ari kunn al bi Tieden ganze Sätze schnacken un Kinnerleder singen. In Käfig sitt he nu egentlig bloots noch nachts un wenn he buten is, orer wenn Besöök dor is.

Wenn Nover Otto Spinn kummt, denn warrt Anni füünsch un Ari ook. Dat is´n Kirl, den numms verknusen kann. He is achtertücksch, nuschich un grootschnuutig. Foken sitt he in Kroog un tüünt över annere Lüüd. He weet allns – un allns beter, sünners över Anni un ehrn Ari.

As Otto weddermool in Anmarsch is, bolk Anni em luut un düütlich inne Mööt: „Di Klookschieter will ik hier nich hebben!" Otto kümmert sik dor gor nich um un kummt eenfach rin. Bloots mit Ari hett he nich rekent. He is nich in Käfig un sett sik foorts op sien Kopp un tuckelt em inne Hoor. Siene langen, bunten Kopp- un Nackenfeddern stoht piel inne Höcht. De scharpen Krallen teet Bohnen över sien Kopp un övert Gesicht. Un denn bolkt he luuthals in eene Tour wull teihn mool achereenanner: „Di Klookschieter will ik hier nich hebben!.......!"

91

Otto erschrickt sich sehr und hat zu tun, sein Gesicht zu schützen und läuft raus. Ari sitzt immer noch auf seinem Kopf und kratzt und schreit: „Dich Klugscheißer will ich hier nicht haben!......!" Erst als Anni ihm sagt, er soll reinkommen, lässt er von Otto ab und fliegt durch die offene Tür ins Haus. Otto blutet an mehreren Stellen und hat Glück, dass seine Augen nichts abbekommen haben. Er schleicht betroffen davon.

Anni und Ari haben sich schnell beruhigt und nutzen nun das schöne Wetter auf dem Balkon. Ari sitzt stolz auf der Stange in seinem Käfig. Anni hat ihn so gestellt, dass er einen schönen Blick in den Garten hat. Vom Hochparterre kann er weit sehen. Anni hat noch einen Augenblick im Haus zu tun. Auf einmal plappert Ari aufgeregt unverständliche Worte, obwohl er gut reden kann. Und dann hört sie ihn schreien: „Dich Klugscheißer will ich hier nicht haben!" – Otto Spinn –, schießt es ihr durch den Kopf. Sie läuft zum Balkon und sieht Meyers graue Katze auf der Balkonbrüstung sitzen, die mit der rechten Vorderpfote gierig und mit glühenden Augen zum Käfig langt, der gar nicht weit ab steht.
Als sie Anni wahrnimmt, springt sie mit einem Satz vom Balkon runter und verschwindet im Gebüsch. Anni beruhigt ihren Schützling wieder und sagt mit sanfter Stimme: „Nun ist sie weg." Ari plappert ihr nach: „Nun ist sie weg."

Otto verjog sik bannig un hett to doon, sien Visaasch to schulen un lopp rutt. Ari sitt jummer noch op sien Kopp un kratzt un schricht: „Di Klookschieter will ik hier nich hebben!. ….....!"

Iers as Anni em seggt, he schall rinkomen, lett he vun Otto af un flügg dör de open Döör in 't Huus. Otto blött an meerere Steeden un hett Glück hatt, dat siene Ogen nix afkregen hebbt. He schlick sik bedröpelt dorvun.

Anni un Ari hebbt sik non korte Tiet beruhigt un nutzt nu dat schöne Wedder op 'n Balkon. Ari sitt stolt op de Stang in sien Käfig. Anni hett em so stellt, dat he 'n fein Blick in Goorn hett. Vun Hochparterre ut kann he wiet kieken.

Anni hett noch 'n Ogenblick in Huus to doon. Opmool plappert Ari hiddelich unverständliche Wöör, liekers he goot schnacken kann. Un denn hört se em bolken: „Di Klookschieter will ik hier nich hebben!" – Otto Spinn –, schutt ehr dat dörn Kopp un storkt non Balkon. Se süht Meyers griese Katt op de Balkonbrüstung sitten, de mit de rechte Vörpoot gierig mit gleunige Ogen non Käfig langt, de gornich wiet af steiht.

As se Anni wies warrt, springt se mit een Satz vun Balkon dool un scheert sik inne Büsch. Anni beruhigt ehrn Schützling wedder un seggt mit sanfter Stimm: „Nu is se weg." Ari plappert ehr no: „Nu is se weg."

Bei Oma zu Hause

So war das früher bei Oma zu Hause. Ich erinnere mich noch genau. Die Fußbodendielen knarrten, wenn man darüber ging, obwohl ein abgetretener Haargarnteppich darauf lag. Die Farben und das Muster waren gar nicht mehr zu erkennen. Die alte Kate roch, ich weiß nicht, wonach, nach alt eben. Ich mochte den Geruch, der sich in all den Jahren überall festgesetzt hatte. Die Schubladen der Kommode in ihrem kleinen Schlafzimmer waren immer halb offen. Sie ließen sich nur noch mit viel Kraft bewegen, weil die Leisten rau und stumpf geworden waren. Auf den schönen großen Schrank im Wohnzimmer, ein Erbstück, ist Oma besonders stolz. Der hat ein feines Intarsienmuster. Inzwischen ist davon nichts mehr zu sehen. Die alten Möbel waren stark vom Holzwurm befallen, Loch an Loch, doch sie hielten noch zusammen. Wenn man daran stieß, rieselte Holzmehl heraus. Alles war mit Ruß bedeckt von dem alten Herd in der Küche. Bei Oma gab es keinen Schornstein. Der Rauch suchte sich seinen Weg nach draußen und hinterließ überall seine Spuren. Eine elektrische Lampe hatte Oma nur in der Küche und im Wohnzimmer über dem Tisch von der Decke hängen. Eine Steckdose fürs Radio, weil sie gerne Musik hört.

Bi Oma to Huus

So wöör dat fröher bi Oma to Huus. Ik besinn mi noch genau. De Footboddendeelen gnastern, wenn een doröver gung, liekers dor 'n afpedden Hoorgornteppich op leeg. De Farven un dat Muster wöörn gor nich meer to kenn. De ole Koot rök, ik weet nich, no wat, no olt eben. Ik much den Geruch, de sik in all de Johren allerwegens fastsett harr. De Schufen vun de Kommod in ehr lütte Schlopstuuf stunn jummer half open. Se leeten sik bloots noch mit veel Knööf bewegen, wieldat de Ließen ruuch un stump worrn sünd. Op dat schöne groote Schapp inne Stuuv, een Arvstück, is Oma sünners stolt. Dat harr 'n fien Intarsienmuster. Over middewiel is dorvun nix meer to sehn. De olen Möbel sünd bannig vun Holtbuck befullen. Lock bi Lock, over se heeln noch goot tohoop. Wenn dor ins een an stött, riesel de Spöön ruut. Allns würr mit Ruuß bedeckt vun den olen Heerd inne Kööck. Bi Oma geev dat keen Schosteen. De Ruuk soch sik sien Weg no buten un achterleet allerwegens siene Teken. Eene elektrische Lamp harr Oma bloots inne Köök un inne Stuuv övern Disch vun de Deek hangen un eene Stekdöös för 't Radio, wieldat se giern Musik hört.

Sie hat noch einen kleinen Garten und ein paar Stück Federvieh und die graue Katze Mimi, die auch schon ziemlich alt ist.

Dieses Bild hat sich tief in meinem Gedächtnis festgesetzt.

Gern denke ich an diese Zeit zurück. Wenn ich bei Oma zu Besuch war, erzählte sie oft von ihren Erlebnissen. Oma sah alles mit anderen Augen. Sie kannte keinen Stress. Bei ihr blieb die Zeit stehen.

Als ich Oma nun wieder besuchte, fiel mir sofort die neue Haustür auf. Beim Eintreten kam mir frische, klare Luft entgegen. Ich konnte kaum meinen Augen trauen. Alles ist noch wie früher, nur nicht ganz. Die Wände und Fußböden sind frisch gestrichen, die Möbel restauriert. Sie sind nun wieder wie neu. Das Muster vom Schrank ist durch bunte, klare Farben deutlich zu erkennen. Die Holzwurmlöcher sind nicht mehr zu sehen. Die Schubladen der Kommode lassen sich wieder ganz leicht öffnen und schließen. Den alten Teppich gibt es nicht mehr. Da liegt nun ein neuer. In der Küche steht ein neuer Herd mit einem Abzugsrohr durch ein Loch in der Wand nach draußen. Elektrisches Licht und Steckdosen gibt es in jedem Raum. Die neue Haustür hat ein Schloss mit einem Schlüssel. Das gab es früher nicht. Die Haustür wurde nicht abgeschlossen, weil kein Schloss vorhanden war.

Se hett noch 'n lütten Goorn un 'n poor Stück Fedderveeh un de griese Katt Mimi, de ook al teemlich olt is.

Düt Bild hett sik deep in mien Brägen fastsett. Giern dink ik an düsse Tied trüch. Wenn ik bi Oma to besöök wöör, vertell se foken vun ehre Beleevnisse ut ole Tieden. Oma sehg allns mit annere Ogen. Se kenn keen Stress. Bi ehr bleev de Tiet stohn.

As ik Oma nu wedder besöch, full mi foorts de neege Huusdöör op. Bi 't Ringohn kööm mi frische, klore Luft inne mööt. Ik kunn man knapp miene Ogen truun. Allns wöör noch as fröher, bloots nich ganz. De Wann un Footboddens sünd frisch streken, de Möbel sünd reestert. Se sünd nu wedder as neet. Dat Muster vun 't Schapp is dör bunte, klore Farven düütlich to kennen. De Holtbucklöker sünd nich meer to sehn. De Schufen vun de Kommode lot sik wedder ganz licht open un tomoken.

Den olen Teppich gift dat nich meer. Dor liggt nu 'n neegen. Inne Köök steiht 'n neegen Herd mit 'n Aftogröhr dör een Lock inne Wand no buten. Elektrisch Licht un Stekdösen gifft dat nu in jeden Ruum. De neege Huusdöör hett nu 'n Schlott mit 'n Schlötel dorin. Dat geef dat vörher nich. De Huusdöör worr nie nich afschloten, wieldat dor keen Schlott an wüür.

Oma sicherte die Tür mit einer kleinen Kette, die lose eingehakt wurde. So ließ sie sich leicht einen Spalt öffnen, damit Mimi immer raus und rein konnte. Die Kette ist nun an der neuen Tür, wegen Mimi.

Oma sitzt zufrieden in ihrem neuen Lehnstuhl im Wohnzimmer am Fenster mit dem freien Blick auf die Straße, weil sie die neuen Gardinen zurückgezogen hat. Alles ist frisch und neu. Sie hat mich kommen sehen und dreht ihr Gesicht zur Wohnzimmertür als ich rein kam. Oma begrüßt mich freundlich mit den Worten: „Guten Tag, Tille, es ist gut, dass du kommst. Hast dich schon umgesehen, – da staunst du, was?" Ich musste mich einen Augenblick besinnen, dann sagte ich: „Ja, Oma, wahrhaftig!" Voller Freude erklärte sie mir: „Nun ist meine alte Kate so, wie ich es wollte. Von meinem ersparten Geld ist noch einiges übrig geblieben. Die Handwerker waren alle pünktlich und fleißig und nicht so teuer wie ich dachte. Gefällt dir das so, Tille?" „Ja, Oma, das gefällt mir gut. Ich bin angenehm überrascht. – Ich wünsche dir noch eine lange, glückliche Zeit in deinem neuen Haus." Nachdenklich sagte Oma nun: „So viel wird das nicht mehr werden mit meinen 85 Jahren. Ich wollte dir etwas Ordentliches hinterlassen."

Ich war gerührt und nahm Oma in den Arm. Ich konnte nur noch leise sagen: „Danke, Oma."

Oma seker de Döör mit ´n lütte Keed, de los inhokt worr.
So leet sik de Döör licht ´n Spleet open moken, dormit Mimi
jummer ruut un rin kunn. De Keed is nu an de neege Huusdöör,
wegen Mimi.

Oma sitt tofreden in ehren neegen Löhnstohl an ´t
Stuuvenfinster mit ´n free´n Blick op de Stroot, wieldat se de
neegen Gordin trüchtogen hett. Allns is frisch un neet. Se hett
mi all komen sehn un dreiht ehr Gesicht no de Stuuvendöör as
ik rin kööm. Oma begröt mi fründlich mit de Wöör: "Gooden
Dag, Tille, is goot, dat du kummst. Hess di al umsehn, – dor
staunst du, wat?" Iers muß ik mi ´n Ogenblick besinnen, un
denn sä ik: "Jo, Oma, wohraftig!" Vuller Freid verkloor se mi:
"Nu is miene ole Koot so, as ik dat wull. Vun mien spoortes
Geld is noch eniges över bleven. De Handwarker wörrn all
pünktlich un fliedig un nich so düür as ik dacht. Gefallt di dat
so, Tille?" "Jo, Oma, dat gefallt mi goot. Ik bün leeflich
öberrascht. Ik wünsch di noch ´n lange, glückliche Tiet in dien
neeget Huus." Nodinklich sä Oma nu: "So veel warrt dat nich
meer mit mien 85 Johr. Ik wull di wat Ornlichet achterloten."
Ik wörr röhrt un nohm Oma in Arm. Ik kunn bloots noch liesen
seggen: "Danke Oma."

Fräulein Kunz

Nachdem im Kriege fast alle Männer eingezogen waren, nur die alten nicht, wurden in vielen Dörfern auch junge Gemeindeschwestern als Lehrer eingesetzt. Viel Geld gab es nicht, die Kassen waren leer. Nach dem Unterricht wurden die Lehrer während der Woche zum Mittagessen zu den Bauern geschickt, das ging reihum.

Fräulein Kunz, nur eben über zwanzig, ist eigentlich ein Stadtmensch, aber die Kriegswirren haben sie aufs Land verschlagen. Nun ist sie Lehrerin in Dorphusen.

Ihr erster Unterrichtstag und das erste Mittagessen bei Bauer Meyer ist auch ihr erstes Erlebnis auf einem Bauernhof. Es ist Frühjahr und draußen ist es ungemütlich.

Als sie am Montag nach der Schule bei Bauer Meyer auf den Hof kommt, läuft Schäferhund Hasso ihr entgegen. Altbauer Otto hält ihn zurück und führt Fräulein Kunz über die Diele in die Küche. Der Tisch ist gedeckt für acht Leute: Altbauer Otto und seine Frau Martha, Mutter Lisa und ihre beiden Kinder Hans und Peter, zehn und fünf Jahre alt, Altknecht Hugo, Magd Minna und für Fräulein Kunz. Es hat jeder Platz genommen. Aufgeregt sind alle ein bisschen, besonders Klein–Peter.

Frollein Kunz

Nodem in Krieg meist all Mannslüüd intogen wöörn, bloots de
olen nich, worrn in veele Dörper ook junge Gemeendesüster as
Schoolmester insett. Veel Geld geev dat nich, de Kassen wöörn
leddig. No den Unnerricht worrn de Schoolmester inne Week
to ´n Middageten no de Buurn schickt. Dat gung reegum.
Frollein Kunz, man eben över twintig, is egentlich ´n
Stadtminsch, over de Kriegswirren hebbt ehr op ´t Land
verschlogen. Nu is se Schoolmester in Dorphusen.
Ehr eerster Unnerrichtsdag un dat eerste Middageten bi Buur
Meyer is ook ehr eerstet Beleevnis op ´n Buurnhoff. Dat is
Fröhjohr un buten is dat heel unkommodig.

As se an Moondag no de School bi Buur Meyer op ´n Hoff
kummt, loppt Scheperhund Hasso ehr inne Mööt. Oldbuur Otto
hollt em trüch un nödigt Frollein Kunz över de Deel inne
Köök. De Disch is deckt för acht Lüüd: Oldbuur Otto un siene
Fro Martha, Mudder Lisa un ehre beiden Kinner Hans un Peter,
teihn un fief Johr old, Oldknecht Hugo, Kööksch Minna un för
Frollein Kunz. Nu sitt jedeen op sien Platz. Hiddelich sünd se
all ´n beten, sünners Lütt–Peter.

Auch für Hans ist es etwas Neues, zu Hause beim Mittagessen neben seiner Lehrerin zu sitzen. Die große Suppenschüssel steht mitten auf dem Tisch. Es dampft und riecht wunderbar. Dass Fräulein Kunz plattdeutsch versteht, davon gehen die Dorfbewohner aus. Das geht auch ganz gut. Mutter Lisa sagt: „Fräulein Kunz, es gibt Erbsensuppe mit Schnauze und Pfoten. Das mögen Sie doch sicher." „Ich glaube schon", sagt sie zaghaft. Opa Otto nimmt die Kelle und füllt die Teller. Fräulein Kunz bekommt zuerst was. Sie sagt höflich: „Danke." Nun fällt Peter ihr ins Wort und sagt laut und deutlich mit roten Wangen:

„Bei uns brauchst du kein danke zu sagen." Hans bekommt das Kichern.

Mutter Lisa ist das peinlich und sagt: „Ach, Fräulein Kunz, machen Sie sich man nichts daraus, bei uns geht es einfach zu. Peter kennt das nicht anders, aber das lernt er noch, wenn er erst zur Schule geht." „Das glaube ich auch", antwortet sie mit einem Lächeln.

Als sie so recht beim Essen sind, kommt Moritz rein, der schwarze Kater, da die Tür zur Diele halb offen steht. Den Schwanz steil hoch, schickt er sich an, mit einem Satz auf den Tisch zu springen. Hugo kann ihn gerade noch stoppen und sagt: „Moritz, du musst warten, es bleibt genug übrig für euch", und bugsiert ihn sachte raus.

Ook för Hans is dat wat Neeges, to Huus bi 'd Middageten blangen siene Lehrerin to sitten. De groote Suppenschöttel steiht meerrn op 'n Disch. Dat dampt un rükt wunnerbor. Dat Frollein Kunz plattdüütsch versteiht, dorvun goht de Dorpslüüd ut. Dat geiht ook ganz goot. Mudder Lisa seggt: „Frollein Kunz, dat gifft Arfensupp mit Schnuuten un Pooten. Dat möögt Se doch seker." „Ich glaube schon", seggt se toochhaftig. Opa Otto nimmt de Kell un füllt jeden wat op 'n Töller. Frollein Kunz kriggt toierst wat. Se seggt höflich: „Danke." Nu fallt Peter ehr in 't Woort un seggt luut un düütlich mit roote Backen: „Bi uns bruuks keen danke to seggen." Hans kriggt dat Gnickern.

Mudder Lisa is dat pienlich un seggt: „Och, Frollein Kunz, dor mookt Se sik man nix ut, bi uns geiht dat eenfach to. Peter kennt dat nich anners, over dat liert he noch, wenn he iers no School geiht." „Das glaube ich auch", antert se mit een Lächeln.

As se so recht bi 't Eten sünd, kummt Moritz rin, de schwatte Koter, wieldat de Döör no de Deel half open steiht. Den Steert piel inne höcht, schickt he sik an, mit een Satz op 'n Disch to springen. Hugo kann em jüss noch stoppen un seggt: „Moritz, du muss töven, dor bliff noog no för jau", un bugseert em sachte ruut.

Hasso bleibt mit lauschigen Ohren in der Tür stehen und schnuppert, was es wohl zu Mittag gibt. Hugo erklärt Fräulein Kunz: „Die Tiere bekommen immer, was übrig bleibt, das ist reichlich, soviel wird gekocht." Fräulein Kunz nickt ihm lächelnd zu.

Nach dem Essen bedankt sie sich für die feine Erbsensuppe und verabschiedet sich mit den Worten: „Die Erbsensuppe hat sehr gut geschmeckt, vielen Dank, Frau Meyer, auf Wiedersehen."

„Wiedersehen, Fräulein Kunz, alles Gute bis zum nächsten Mal."

Dienstag ist sie bei Bauer Schmidt eingeteilt.

„Herzlich willkommen, Fräulein Kunz", wurde sie von Anni Schmidt auf dem Hof freundlich empfangen.

„Guten Tag, Frau Schmidt, schön, dass ich heute zu Ihnen kommen darf."

„Klar, Fräulein Kunz, wir haben uns gedacht, wir kochen heute Erbsensuppe mit Schnauze und Pfoten. Das ist das Richtige bei diesem Wetter", sagt Anni, während sie mit ihr über die Diele geht, wo an beiden Seiten die Kühe stehen, die unruhig werden und die Köpfe nah ihnen recken. Anni erklärt ihr: „Die Kühe machen nichts, da können Sie ruhig an vorbeigehen, die sind nur neugierig." Fräulein Kunz ist aufgeregt und stolpert.

Hasso blifft mit sien luschigen Riestüüt in 't Döörlock stohn un schnuppert, wat dat wull to Middag gifft? Hugo verkloort Frollein Kunz: „De Deerten kriegt jummer, wat no blifft, dat reckt, soveel warrt kookt" Frollein Kunz nickt em lächelnd to. Non Eten bedankt se sik för de feine Arfensupp un trennt sik mit de Wöör: „Die Erbsensuppe hat sehr gut geschmeckt, vielen Dank, Frau Meyer, auf Wiedersehen."

„Weddersehn, Frollein Kunz, allns Goode bit ton nöögsten Mool."

Dingsdag is se bi Buur Schmidt indeelt.

„Hartlich willkomen, Frollein Kunz", worr se vun Anni Schmidt op 'm Hof fründlich empfungen.

„Guten Tag, Frau Schmidt, schön, dass ich heute zu Ihnen kommen darf."

„Kloor, Frollein Kunz, wi hebbt uns dacht, wi kookt vundog Arfensupp mit Schnuuten un Pooten. Dat is dat Richtige bi düt Wedder", seggt Anni, wieldes se mit ehr över de Deel geiht, wo an beide Sieten de Keuh stoht, de hiddelig warrt un sik no jüm reckt. Anni verkloort ehr: „De Keuh mookt nix, dor köönt Se ruhig an vörbigohn, de sünd bloots needschierig." Frollein Kunz is opgeregt un kriggt dat Stokeln.

Sie kann sich gerade noch an Annis Arm festhalten, und Anni sagt: „Das sind die Löcher im Lehmfußboden. Wenn Sie öfter kommen, dann wissen Sie, wo die sind." „Ja, vielleicht", ist die ängstliche Antwort.

In der Küche warten Oma Mimi und die neunjährigen Zwillinge Rudi und Heinz, die auch bei ihr in die Schule gehen. Hier ist auch für acht Leute der Tisch gedeckt: Für Opa Harm, Oma Mimi, Karl und Anni, die beiden Jungens, Altknecht Hermann und für Fräulein Kunz. In der Küche hat Oma Mimi das Regiment und sagt:

„Fräulein Kunz, setzen Sie sich man vor den Tisch." Sie bedankt sich und nimmt Platz. Jetzt spricht Oma Mimi das Tischgebet, dann füllt sie jedem den Teller. Rudi und Heinz schielen dauernd zu Fräulein Kunz hin. Gerade beim Teller von Fräulein Kunz schwappt die Suppe über die Kelle und beschmutzt ihren gelben Pullover und den bunt karierten Rock. Oma Mimi erschrickt sehr und stammelt: „Entschuldigung, Fräulein Kunz, aber ich bin so aufgeregt, weil wir einen so hohen Gast zu Besuch haben. Das Saubermachen übernehme ich." „Das macht nichts, das bringe ich schon wieder in Ordnung", entgegnet Fräulein Kunz.

Nach dem Essen bedankt sie sich für die feine Erbsensuppe und wünscht noch einen schönen Tag.

Se kann sik jüss noch an Annis Arm fasthollen, un Anni seggt: „Dat sünd de Delln in Lehmfootbodden. Wenn Se fokener koomt, denn weet Se, wo de sünd." „Ja, vielleicht", is de bange Anter.

Inne Köök tövt Oma Mimi un de negenjährigen Twüllinge Rudi un Heinz, de ook bi ehr inne School goht. Hier is ook för acht Lüüd de Disch dekt: För Opa Harm, Oma Mimi, Korl un Anni, de beiden Jungs, Oldknecht Hermann un för Frollein Kunz.

Hier hett Oma Mimi dat Regiment un seggt: „Frollein Kunz, goht Se man vörn Disch sitten." Se bedankt sik un nimmt Platz. Nu schnackt Oma Mimi dat Dischgebet, und denn füllt se jeden wat op ´n Töller. Rudi un Heinz pliert duurnd no Frollein Kunz hen. Jüss bi Frollein Kunz ehrn Töller schwappt de Supp över de Kell un bekleckert ehren geelen Pullover un den buntkorierten Rock. Oma Mimi verjoogt sik bannig un stomelt: „Schulligung, Frollein Kunz, over ik bün so opgeregt, wieldat wi son hogen Gast to Besöök hebbt. Dat Reinmoken övernehm ik." „Das macht nichts, das bringe ich schon wieder in Ordnung", seggt Frollein Kunz. Non Eten bedankt se sik för de feine Arfensupp un wünscht noch ´n schönen Dag.

Anni geht mit ihr zwischen den Kühen über die Diele nach draußen. Nun muss Fräulein Kunz sich erst mal erholen.

Mittwoch ist sie bei Bauer Löhmann zu Mittag. Meta sieht sie schon kommen und geht ihr bis zur Pforte entgegen, weil Bello gerne Besuch mit seinen dreckigen Pfoten anspringt. Es gab heute morgen Schneeregen, und es ist matschig auf dem Hof. Einen gepflasterten Weg bis zur Haustür gibt es nicht. Die Schuhe von Fräulein Kunz sind für dieses Wetter nicht geeignet. An der großen Tür sagt Meta: „Fräulein Kunz, treten Sie hier man in die Pantoffeln von Oma. Die passen wohl nicht ganz, aber es mag wohl gehen, weil Sie nasse Füße bekommen haben. Ihre Schuhe stelle ich solange an den Ofen zum Trocknen."
Ehe sie sich versieht, sitzt sie schon in Omas Pantoffeln in der Küche am Tisch. Sie kann schon riechen, was es zu essen gibt. Meta sagt: „Es gibt etwas Feines zu essen, Erbsensuppe mit Schnauze und Pfoten, das haben wir lange nicht gehabt, Sie sicher auch nicht, Fräulein Kunz." „Nein", sagt sie bescheiden, aber das hat sie falsch verstanden. Meta erzählt voller Stolz: „Unsere Tochter Lissi kommt Ostern zur Schule, und jetzt kann sie ihre Lehrerin schon kennen lernen." Lissi macht einen Knicks und setzt sich neben ihre Mutter.

Anni geiht mit ehr mang de Keuh över de Deel no buten. Nu mutt Frollein Kunz sik iersmool verholen.

Middeweeken is se bi Buur Löhmann to Middag. Meta süht ehr al komen un geiht ehr bit anne Puurt inne Mööt, wieldat Bello giern Besöök mit siene schedderigen Pooten anspringt. Dat hett vunmorgen Schneeregen geven, un dat is matschig op ′n Hoff. Een ploosterten Weg no de Huusdöör gifft dat nich. Dat Schohtüüg vun Frollein Kunz is bi düt Wedder nich egens. An de grooten Döör seggt Meta: „Frollein Kunz, pett Se hier man in de Tüffeln vun Oma rin. De passt wull nich ganz, over dat mag jo gohn, wieldat Se wull natte Fööt kregen hebbt. Ehre Schoh stell ik so lang an Oven ton Drögen."
Ehrer dat se sik versüht, sitt se al in Omas Tüffeln inne Köök an Disch. Se kann al rüken, wat dat to eten gifft. Meta seggt: „Dat gifft wat Feines to eten, Arfensuup mit Schnuuten un Pooten, dat hebbt wi lang nich hatt, Se seker ook nich, Frollein Kunz." „Nein", seggt se, over dat hett se verkehrt verstohn. Meta vertellt vuller Stolt: „Unse Dochter Lissi kummt Ostern no School, un nu kann se ehre Lehrerin jo al kennen liern." Lissi mookt ′n Knicks un sett sik blangen ehre Mudder.

Heute ist Dreschtag bei Löhmann auf der Diele. Es staubt sehr, und danach sehen die Männer auch aus.

Hier gehen zehn Leute zu Tisch: Opa Hinni und Oma Tine, Mutter Meta und Lissi, Magd Marie, Altknecht Hannes, Fräulein Kunz und drei Helfer, das sind Schüler aus der letzten Klasse, Gerd, Fritz und Rolf. Die erschrecken sehr, als sie Fräulein Kunz sehen, und sie erschreckt sich auch. Jetzt weiß sie, warum sie heute morgen nicht in der Schule waren. Gerd ist es besonders peinlich, hat er sie doch gestern in der Schule zum Narren gehalten. Er meldete sich einfach so, Arm und Finger hoch. Als Fräulein Kunz ihn fragt, was er möchte, sagte er: „Fräulein Kunz, kannst mir mal zehn Mark leihen?" Ein lautes Schnattern und Kichern ging los. Fräulein Kunz konnte sich ein Lachen auch nicht verkneifen. Sie verstand wohl, was er meinte, aber sie ging nicht weiter darauf ein. Jetzt kam er ausgerechnet neben ihr zu sitzen. Ihm ist mulmig zu Mute. Der Appetit ist ihm fast vergangen. Fräulein Kunz und die drei Jungens lassen sich nichts anmerken. Meta füllt jeden den Teller und wünscht guten Hunger.

Hannes sagt: „Beim Dreschen sind auch Mäuse mit durchgerutscht, aber die Katzen passen auf, dass da keine wegkommt. Die brauchen heute Mittag nichts, die sind satt." Bei diesem Thema vergeht Fräulein Kunz fast der Appetit.

Vundoog is Döschdag bi Löhmann op de Deel. Dat stuff as dull, un dorno seht de Mannlüüd ook ut.

Hier goht teihn Lüüd to Disch: Opa Hinni un Oma Tine, Mudder Meta un Lissi, Kööksch Marie, Oldknecht Hannes, Frollein Kunz un dree Helper, dat sünd Schöler ut de letzte Klass, Gerd, Fritz un Rolf. De verjoogt sik bannig, as se Frollein Kunz seht, un se verjoog sik ook. Nu weet se, worum se vunmorgen nich inne School ween sünd. Gerd is dat sünners pienlich, hett he ehr doch güstern inne School vunnarrn hatt. He mell sik eenfach so, Arm un Finger hoch. As Frollein Kunz em frogt, wat he will, sä he: „Frollein Kunz, kuns mi ins teihn Mark lehn?" Een luutes Schnotern un Gniggern gung los. Frollein Kunz kunn sik 'n Lachen ook nich verkniepen. Se harr wull verstohn, wat he meen, gung over nich wieder dor op in. Nu kööm he utregent blangen ehr to sitten. Em is mulmig to Moot. De Aftiet is em meist vergohn. Frollein Kunz un de dree Jungs loot sik nix anmarken. Meta füllt jeden wat op 'n Töller un wünscht gooden Hunger.

Hannes seggt: „Bi 't Döschen sünd ook Müüs mit dörflutscht, over de Katten passt op, dat dor keen wegkummt. De bruukt vunmiddag nix, de sünd satt." Bi düt Thema vergeiht Frollein Kunz meist de Aftiet.

Nach dem Essen gehen die Männer wieder an die Arbeit, und Fräulein Kunz schickt sich an zu gehen. Meta verabschiedet sich überschwänglich von ihr und fragt: „Fräulein Kunz, wo sind Sie denn morgen zu Mittag?" „Morgen bin ich bei Ihrer Nachbarin, Frau Witt, eingeteilt. Vielen Dank für die gute Erbsensuppe, Wiedersehen, Frau Löhmann."

„Wiedersehen, Fräulein Kunz, und alles Gute."

Als sie vom Hof geht, begegnet ihr Gerd, der Bonzo zurückholt, der gerade weglaufen wollte. Voller Aufregung sagt er leise: „Entschuldigung, Fräulein Kunz." „Macht nichts, ist schon gut", sagt sie freundlich und merkt gar nicht, dass sie auf plattdeutsch geantwortet hat. Gerd fällt ein Stein vom Herzen.

Später geht Meta zu Emma Witt und erzählt ihr von Fräulein Kunz, und dass ihr die Erbsensuppe so gut geschmeckt hat. Emma Witt sagt: „Dann will ich morgen man auch Erbsensuppe mit Schnauze und Pfoten kochen, die kann man gut zweimal hintereinander essen. Wenn sie die bei euch gemocht hat, dann mag sie die bei uns auch."

Donnerstag geht sie nach der Schule zu Bauer Witt. Die haben keine Kinder in der Schule. Henning ist fünfzehn und beim Schmied in der Lehre. Er bekommt essen zu. Emma und Friedrich warten schon.

Non Eten goht de Mannslüüd wedder an de Arbeit, un Frollein Kunz schick sik an to gohn. Meta veravscheed sik överschwänglich vun ehr un froogt: „Frollein Kunz, wo sünd Se denn morgen to Middag?" „Morgen bin ich bei Ihrer Nachbarin, Frau Witt, eingeteilt. Vielen Dank für die gute Erbsensuppe, Wiedersehen, Frau Löhmann."

„Weddersehn, Frollein Kunz, un allns Goode."

As se vun Hoff geiht, bemööt se Gerd, de Bonzo trüch hoolt, de jüss utneihn wull. Vull inne Bredullje seggt he liesen: „Entschuldigung, Fräulein Kunz." „Mookt nix, is all goot", seggt se fründlich un markt gornich, dat se plattdüütsch antert hett. Gerd fallt ′n Steen vun Harten.

Noher geiht Meta no Emma Witt un vertellt ehr vun Frollein Kunz un dat ehr de Arfensupp so goht schmeckt hett. Emma Witt seggt: „Denn will ik morgen man ook Arfensupp mit Schnuuten un Pooten koken, de kann een goot tweemool achtereenanner eten. Wenn se de bi jau mucht hett, denn mag se de bi uns ook."

Donnersdag geiht se no de School no Buur Witt. De hebbt keen Kinner inne School. Henning is fofteihn un bi ′n Schmitt inne Liehr. De kriggt Eten to. Emma un Frierk töövt al.

Der Tisch ist für sechs Leute gedeckt: Für Oma Emma, Opa Friedrich und Mutter Lisbet, Magd Lene, Altknecht Jochen und Fräulein Kunz. Friedrich weist ihr den Platz auf der Küchenbank unter dem Fester an. Sie merkt, dass unter der Bank etwas ist, dort bewegt sich was. Friedrich merkt ihr das an und sagt: „Das ist Senta, die liegt da auf ihrem Kissen. Sie ist krank, hat gestern zwei Junge bekommen, die sind gestorben. Jetzt trauert sie, das ist bei den Tieren genau so wie bei den Menschen." Das berührt Fräulein Kunz sehr. Senta schnüffelt ein bisschen an ihren Füßen, das ist alles.

Emma meint: „Meta Löhmann hat mir erzählt, dass Sie gerne Erbsensuppe mögen, deshalb habe ich mir gedacht, auch Erbsensuppe mit Schnauze und Pfoten zu kochen, weil man die gut zweimal hintereinander essen kann." Fräulein Kunz staunt und lächelt Emma an. Während des Essens bumst es auf einmal am Küchenfenster. Fräulein Kunz sieht sich erschrocken um und blickt in ein Pferdegesicht an der Scheibe. Der Löffel fällt ihr vor Schreck runter. Friedrich lacht und sagt: „Das ist Max, unser Hengst, der ist neugierig. Wenn das Fenster offen ist, kommt er mit seinem Kopf bis auf den Tisch."

Lene reicht Fräulein Kunz einen frischen Löffel, aber essen kann sie nichts mehr. Nach dem Essen bedankt sie sich höflich und wünscht noch einen guten Tag.

De Disch is för süss Lüüd deckt: För Oma Emma, Opa Frierk un Mudder Lisbet, Kööksch Lene, Oldknecht Jochen un Frollein Kunz. Frierk wiest ehr den Platz op de Köökenbank unnert Finster an. Se markt, dat unnere Bank wat is, dor bewegt sik wat. Frierk markt ehr dat an un seggt: „Dat is Senta, de liggt dor op ehr Küssen. Se is krank, hett güstern twee Junge kreegen, de sünd doot bleeven. Nu truurt se, dat is bi de Deerten jüss so as bi de Minschen." Dat rührt Frollein Kunz bannig an. Senta schnüffelt ehr ′n beten anne Fööt, dat is allns. Emma meent: „Meta Löhmann hett mi vertellt, dat Se giern Arfensupp möögt, liekers hebb ik mi dacht, ook Arfensupp mit Schnuuten un Pooten to koken, wieldat man de goot tweemool achtereenanner eten kann." Frollein Kunz staunt un lächelt Emma an. As se bi ′t Eten sünd, bumst dat mit mool an ′t Köökenfinster. Frollein Kunz kickt sik verjoogt um un süht in een Peergesicht anne Schief. De Löpel fallt ehr vör Schreck dool. Frierk lacht un seggt: „Dat is Max, unse Hingst, de is needschierig. Wenn dat Finster open is, langt he mit ′n Kopp bit op ′n Disch."
Lene langt Frollein Kunz ′n neegen Löpel hen, over eten kann se nix meer. Non Eten bedank se sik höflich un wünscht noch ′n gooden Dag.

Friedrich geht mit ihr über den Hof zur Straße, macht die Pforte hinter ihr wieder zu und sagt: „Max wird gleich ankommen, das macht er immer so." Da kommt er auch schon im Galopp angeschnaubt. Der Schreck mit Max ist ihr sehr in die Knochen gefahren.

Freitag geht sie mit viel Bedenken zu Bauer Willers zum Essen. Grete und Heinrich sind alleine. Ihre Tochter Tille hat ins Nachbardorf eingeheiratet. Die Landwirtschaft ist nicht groß. Weil im Hause kein Platz mehr für "Tante Meyer" ist, steht das kleine Haus im Apfelhof gleich hinter dem Schweinestall. Das Dach geht schräg nach oben zu. An der Spitze ist ein Windbeutel festgebunden, man kann immer sehen, woher der Wind weht. Die Zweige der Bäume sind so abgeschnitten, dass der Windbeutel nirgends hängen bleibt. "Tante Meyer" ist ein Zweisitzer mit zwei Löchern und hat ein ausgesägtes Herz in der Mitte der Tür als Fenster. Von innen hängt eine Gardine davor.

Heinrich hat Fräulein Kunz schon kommen sehen. Er öffnet die Haustür und sagt freundlich: „Guten Tag, Fräulein Kunz, herzlich willkommen. Meine Frau ist in der Küche, kann nicht recht laufen, sie ist gestern von einem Windstoß mit "Tante Meyer" über Kopf gegangen." Grete hört das und antwortet forsch:

Frierk geiht mit ehr övern Hoff no de Stroot, mookt de Puurt achter ehr wedder to un seggt: „Max warrt glieks ankomen, dat mookt he jummer so." Dor kummt he ook al in Draff anschnuuven. De Schreck mit Max is ehr dull inne Knoken schoten.

Freedag geiht se mit veel Bedinken no Buur Willers ton Eten. Grete un Heich sünd alleen. Ehre Dochter Tille hett in Noverdorp inheirot. De Buuree is nich groot. Wieldat in Huus keen Platz meer is för "Tanne Meyer", steiht dat lüttje Huus in Appelhoff glieks achtern Schwienskoven. Dat Dack geiht schreeg no boven to. An de Spitz is ´n Windbüdel fastbunn, liekers man jummer sehn kann, wonehm de Wind weiht. De Telgen vun de Bööm sünd so dannig afknepen, dat de Windbüdel narms wo an hangen blifft. "Tanne Meyer" is ´n Tweesitter mit twee Löcker un hett een utsoogt Hart as Finster meern inne Döör. Vun binn hangt ´n Godin dorvör.
Heich hett Frollein Kunz al komen sehn. He mookt ehr de Huusdöör open un seggt fründlich: „Gooden Dag, Frollein Kunz, hartlich willkomen. Mien Fro is inne Köök, kann nich recht lopen, se is güstern vun Windstoot mit "Tanne Meyer" över Kopp gohn." Grete hört dat un antert forsch:

„Nein nein, das war anders, "Tante Meyer" ist umgekippt. Ich habe mich nur am Knie gestoßen und saß auf einmal im Freien." Fräulein Kunz muss lachen und Heinrich sagt: „Das kommt ab und zu mal vor, wenn Sturm ist."
Die Erbsensuppe steht schon auf dem Tisch.
Nach dem Essen sagt Grete: „Fräulein Kunz, ich habe etwas mehr gekocht. Nehmen Sie man noch einen Topf voll mit für morgen. Erbsensuppe mit Schnauze und Pfoten kann man gut zweimal hintereinander essen." Fräulein Kunz nimmt den Topf mit Erbsensuppe. Sie will nicht unhöflich sein und sagt freundlich: „Wiedersehen, Frau Willers, und vielen Dank für die Gastfreundschaft, den Topf bringe ich zurück." „Das hat Zeit. Wiedersehen, Fräulein Kunz, und alles Gute bis ein andermal", sagt Grete.

Die Erlebnisse der letzten Woche haben Fräulein Kunz tief gerührt. Sie weiß nun, die Bauern leben nicht nur *von* ihren Tieren, sondern auch *mit* ihnen.
Nun ist sie gespannt auf die nächste Woche. Vielleicht geht es ja weiter mit Erbsensuppe und Schnauze und Pfoten.

„Nee nee, dat wüür anners, "Tanne Meyer" is umkippt. Ik hebb mi bloots anne Knee stött un seet op mool in Free'n." Frollein Kunz mutt lachen un Heich seggt: „Dat kummt af un to mool för, wenn Störm is."

De Arfensupp steiht al op 'n Disch.

Non Eten seggt Grete: „Frollein Kunz, ik hebb wat meer kookt. Nehmt Se man 'n Putt vull mit för morgen. Arfensupp mit Schnuuten un Pooten kann een goot tweemool achtereenanner eten." Frollein Kunz nimmt den Putt mit Arfensupp. Se will nich unhöflich ween un seggt fründlich: „Wiedersehen, Frau Willers, und vielen Dank für die Gastfreundschaft, den Topf bringe ich zurück." „Dat hett Tiet. Weddersehn, Frollein Kunz, un allns Goode bit annermool", seggt Grete.

De Beleevnisse vun vergohn Week hebbt Frollein Kunz deep rögt. Se weet nu, de Buurn leevt nich bloots *vun* ehre Deerten, liekers ook *mit* jüm.

Nu is se gespannt, op tokomen Week. Villicht geiht dat jo wieder mit Arfensupp un Schnuuten un Pooten.

Fahrschule

Otto und Anni Meyer, beide schon über achtzig, haben ihren kleinen Hof mit mehreren Tieren in Dorfhausen schon vor Jahren aufgegeben. Die Kinder, Hans und Lisa, sind schon lange aus dem Haus.

Herzklopfen? nein, Herzklopfen haben sie nicht, jetzt nicht mehr. Früher ja, gleich nach dem Krieg, vor der Aufschwungzeit, als ihre Kinder klein waren. Wenn sie mal krank waren, Fieber hatten, Leibschmerzen und spucken mussten, dann war das manchmal aufregend und hart. Der Doktor kam nicht so schnell nach Dorfhausen, ein Telefon gab es nicht und auch kein Auto. Damals kümmerte Anni sich um Haus und Hof. Otto ging seiner Arbeit als Autoschlosser bei der Firma Autohaus Hansen & Co in der Stadt nach.

Sie erinnern sich noch gerne an früher. Beim Erzählen kommen sie direkt ins Schwärmen:

Als Hans vierzehn Jahre alt war und Lisa zwölf, kam Otto an einem Sommertag, Sonnabendmittag, mit seinem ersten Auto auf den Hof gefahren. Das war ein gebrauchter, knallroter VW–Käfer, ein Jahr alt und hatte zehntausend Kilometer gelaufen. Die Überraschung bei seiner Familie ist ihm geglückt. Die Begeisterung war groß, besonders bei Hans und Lisa.

Fohrschool

Otto un Anni Meyer, beide al över tachentig, hebbt ehre lütte Hoffsteed mit allerhand Deerten in Dorphusen al vör Johren opgeven. De Kinner, Hans un Lisa, sünd al lang ut 'n Huus. Hartpuckern? nee, Hartpuckern hebbt se nich, nu nich meer. Fröher jo, glieks non Krieg, vör de Opschwungtiet, as ehre Kinner noch lütt wöörn. Wenn se mool krank ween sünd, Fever harrn, Liefwehdog un speen mussen, wöör dat mennichmool opregent un hart. De Dokter kööm nich so gau no Dorphusen, 'n Klöönkassen geev dat nich un ook keen Auto. Domols kümmer Anni sik um Huus un Hoff, Otto gung siene Arbeit as Autoschlosser bi de Firma Autohuus Hansen & Co inne Stadt no.

Se besinnt sik noch giern an fröher. Bi 't Vertelln koomt se reinweg in 't Schwarmen.

As Hans veerteihn Johr olt wöör un Lisa twölf, kööm Otto an een Sommerdag, Sünnovendmiddag, mit sien ierstet Auto op 'n Hoff föhrt. Dat wöör 'n brukten, knallroden VW–Käfer, een Johr olt un teihndusend Kilometer lopen. De Överraschung bi siene Fomilje is em glückt. De Begeisterung wöör groot, sünners bi Hans un Lisa.

Die erste Spritztour ging gleich los. Otto saß stolz am Steuer und Anni voller Freude neben ihm. Die Kinder hinter ihnen alberten herum. Otto konnte nur langsam fahren, weil die Straßen mit Kopfsteinen gepflastert waren. Es schüttelte und stieß gewaltig.

Otto sagte überschwänglich: „Anni, jetzt kann ich euch fahren, wohin ihr wollt, wenn Feierabend ist." Anni überlegte einen Augenblick und erklärte: „Otto, du kommst jeden Tag durch deine Überstunden so spät nach Hause, dass du uns nirgends mehr hinfahren kannst. Der Alltag bleibt für mich und die Kinder wie er ist."

Otto antwortet überrascht: „Anni, das musst du verstehen, nur durch die Überstunden können wir uns das Auto leisten." Anni versteht und meint nachdenklich: „Das wäre anders, wenn ich auch den Führerschein hätte und du weiterhin mit dem Fahrrad zur Arbeit fahren würdest. Den Tag über hätte ich dann das Auto und könnte auch mal die Kinder bei schlechtem Wetter fahren. Dann könnte ich dich auch mal zur Arbeit hinfahren und wieder abholen." Otto fiel ihr quer ins Wort und meinte voller Bedenken: „Du brauchst keinen Führerschein, das ist nichts für dich, dafür bist du viel zu aufgeregt. Du hast im Haus genug zu tun. Wenn ich fahre, dann reicht das. Nachher sind die Kinder so weit, einer kann dich immer fahren, wenn es nötig ist."

De ierste Spritztour gung glieks los. Otto seet stolt an 't Stüür un Anni vuller Freid blangen em. De Kinner achter jüm albern rum. Otto kunn bloots sünnig föhrn, wieldat de Strooten mit Koppsteen ploostert wöörn. Dat ruckel un stött bannig.

Otto sä överschwänglich: „Anni, nu kann ik jau allerwegens henföhrn, wo ji wüllt, wenn Fierovend is." Anni överleggt 'n Ogenblick un verkloort: „Otto, du kummst jeden Dag dör dien Överstünn so loot no Huus, dat du uns narms wo meer henföhrn kannst. De Alldag blifft för mi un de Kinner as he is." Otto antert verbaast: „Anni, dat muss du verstohn, bloots dör de Överstünn köönt wi uns dat Auto leisten." Anni versteiht un meent achtersinnig: „Dat wöör anners, wenn ik ook den Föhrerschien harr un du wiederhen mit Fohrrad no de Arbeit föhrst. Den Dag över harr ik denn dat Auto un kunn ook ins de Kinner bi schlecht Wedder föhrn. Denn kunn ik di ook ins no de Arbeit henföhrn un wedder afholn." Otto full ehr dwars int Woort un meen vuller Bedinken: „Du bruuks keen Föhrerschien, dat is nix för di, dorför büs du veel to hiddelig. Du hess in Huus noog to doon. Wenn ik föhr, reckt dat. Noher sünd de Kinner so wiet, eener kann di jummer föhrn, wennt nödig deit."

Anni war still. Sie machte sich so ihre Gedanken.

Der Alltag hat die Familie wieder eingeholt. Nur bei Otto hat sich viel verändert. Er fährt jetzt jeden Tag mit dem Auto zur Arbeit. Anni grübelt darüber nach, wie sie es anstellen kann, den Führerschein zu machen. Die Fahrschule ist teuer. Eigenes Geld verdient sie nicht. Die Gedanken lassen sie nicht los. Dann wieder kommen ihr Zweifel: Ich, mit meinen vierzig Jahren zur Fahrschule, und wenn ich die Prüfung nicht bestehe? Nicht auszudenken!

Gegen Abend kommt Nachbar Willi Allers aufgeregt zu Anni in die Küche und sagt: „Anni, hast du mal einen Augenblick Zeit? Meta ist gefallen und hat sich den linken Fuß verstaucht. Da ist ein dicker Verband um, sie kann nicht laufen. Der Doktor war hier und sagte, das dauert lange, bis das wieder besser ist."

Anni geht gleich mit ihm, und Meta klagt ihr Leid: „Anni, ich kann nichts machen, kannst du uns helfen, wenn es nötig ist? Wir sind ja beide schon über siebzig, mit Willi wird das nichts. Wir bezahlen dir auch einen guten Stundenlohn." Anni sagt: „Klar helfe ich euch, so viel Zeit habe ich immer. Ich komme morgens her und sehe nach, was zu tun ist."

„Schön, dass du das machen willst, Anni, wir wissen ja, dass wir uns auf dich verlassen können." Anni redet ihnen Mut zu.

Anni würr still. Se mook sik so ehre Gedanken.

De Alldag hett de Fomilje wedder inholt. Bloots bi Otto hett sik veel verännert. He föhrt nu jeden Dag mit Auto no de Arbeit. Anni grübelt doröver no, wie se dat anstelln kann, den Föhrerschien to moken. De Fohrschool is düür. Egen Geld verdeent se nich. De Gedanken loot ehr nich los. Denn wedder koomt ehr Twiefel: Ik, mit mien veertig Johr no de Fohrschool, un wenn ik de Prüfung nich bestoh? Nich uttodinken.

Gegen Ovend kummt Nover Willi Allers opgeregt no Anni inne Köök un seggt: „Anni, hess mool ´n Ogenblick Tiet? Meta is fulln un hett sik den linken Foot verstuukt. Dor is ´n dicken Verband um, se kann nich meer lopen. De Dokter wöör hier un sä, dat duurt lang, bit dat wedder beter is."

Anni geiht foorts mit em, un Meta kloogt ehr Leed: „Anni, ik kann nix moken, kanns du uns helpen, wenn ´t nödig is? Wi sünd jo beide al över söventig, mit Willi warrt dat nix. Wi betohlt di ook ´n goden Stünnlohn". Anni seggt: „Kloor help ik jau, so veel Tiet hebb ik jummer. Ik koom morgens her un kiek no, wat to doon is." „Scheun, dat du dat moken wullt, Anni, wi weet jo, dat wi uns op di verloten köönt." Anni schnackt jüm Moot to.

Sie verabschiedet sich mit den Worten: „Macht euch keine Sorgen, ich passe schon auf. Morgen früh komme ich wieder, tschüs, bis morgen."

„Tschüs Anni, bis morgen, und vielen Dank", sagt Meta beruhigt, Willi nickt ihr zu.

Das kommt Anni gut zupass. Fahrlehrer Karl Merz, dem die Fahrschule gehört, kennt sie gut. Mit ihm spricht sie über den Führerschein und erzählt ihm von der Hilfe bei Meta und Willi und impft ihm ein, er soll sie nicht bei Otto verraten, der erfährt das noch früh genug. Das sagt er zu und bietet ihr an: „Mit der Fahrstunde kann das sofort losgehen. Bezahlen kannst du nach und nach."

Es geht ihr doch etwas zu schnell, aber dann denkt sie an Meta und Willi. Sie willigt ein und hat am nächsten Tag schon die erste Fahrstunde. Hans und Lisa hat sie von ihrem Plan erzählt mit dem Versprechen, nichts zu verraten. Beide brechen in Jubel aus und freuen sich sehr. Karl holt sie pünktlich um zwei Uhr mit einem grauen VW–Käfer von zu Hause ab und fragt sie: „Na Anni, bist du aufgeregt? Das brauchst du nicht." Er erklärt ihr die Schaltung, und sie fahren los. In einem Auto am Steuer zu sitzen, ist ein anderes Lebensgefühl. Vielen Autos begegnen sie nicht, aber Hunden und Katzen und drei Stück Jungvieh, das ausgebrochen ist. Die achten nicht auf Verkehrsregeln, die laufen einfach so vor das Auto.

Se verafscheed sik mit de Wöör: „Mookt jau keene Sorgen, ik pass al op. Morgen fröh koom ik wedder, tschüüs, bit morgen." „Tschüüs Anni, bit morgen, un veelen Dank", seggt Meta beruhigt, Willi nickoppt ehr to.

Dat kummt Anni fein topass. Fohrlehrer Korl Merz, den de Fohrschool to hört, kennt se goot. Mit em schnackt se över den Föhrerschien un vertellt em vun de Help bi Meta un Willi un impft em in, he schall ehr nich bi Otto verroden, de warrt dat noch früh noog wies. Dat seggt he ehr to un bood ehr an: „Mit de Fohrstünn kann dat foorts loosgohn. Betohlen kanns mi dat no un no."

Dat geiht ehr doch 'n beten gau, over denn dinkt se an Meta un Willi. Se willigt in un hett den annern Dag al de ierste Fohrstünn. Hans un Lisa hett se vun ehren Plon vertellt mit dat Verspreken, nix to verroden. De beiden breekt in Jubel ut un freit sik as dull. Korl hoolt ehr pünktlich Klock twee mit 'n griesen VW–Käfer vun to Huus af un froogt ehr: „Na Anni, büs opgeregt? Dat bruuks du nich." He verkloort ehr de Schaltung, un se föhrt los. In een Auto an 't Stüür to sitten, is 'n annert Lebensgeföhl. Veele Autos bemööt se nich, over Hunn un Katten un dree Stück Jungveeh, dat utbroken is. De stüürt sik nich an Verkehrsregeln, de loopt enfach so vört Auto.

Anni bekommt einen Schrecken nach dem anderen. Aber Karl passt auf, dass nichts passiert und sagt spaßig: „Betrunken darfst nicht sein, wenn du Auto fährst." Anni ist begeistert. In der fünften Stunde kommt sie sehr in Bedrängnis, als ihr ein Auto die Vorfahrt nimmt und einfach weiterfährt. Karls Vollbremsung kann gerade noch einen Aufprall verhindern. Da puckert Anni das Herz bis zum Hals. Er beruhigt sie und meint: „Mit so etwas muss man rechnen."

Anni hat alles gut überstanden. Der Führerschein ist ihr ganzer Stolz. Die Kinder gratulieren ihr zuerst mit einem großen Blumenstrauß aus dem Garten und wünschen: „Immer gute Fahrt!" Otto staunt, ihm fehlen die Worte. Er hat bis zuletzt nichts davon mitbekommen. Nun gratuliert er ihr auch ganz herzlich und sagt mit ruhiger Stimme: „Anni, das hast du gut gemacht, ich habe nichts dagegen, dass du nun Auto fahren kannst." Anni antwortet zufrieden: „Danke, Otto, ich freue mich, dass du damit einverstanden bist und ich nun auch wohl mal ans Steuer kann."

Zwei Tage später bricht Otto sich bei einem Sturz den rechten Unterarm. Arbeiten kann er so nicht, Auto und Fahrrad fahren auch nicht. Anni sagt voller Stolz: „Otto, dann kommt es uns jetzt schon zugute, dass ich Auto fahren kann."

Otto gibt klein bei: „Ja, Anni, wer hätte das gedacht!"

Anni kriggt een Schrecken non annern. Over Korl passt op, dat nix posseert un seggt spoossig: „Duhn drövs nich ween, wenn Auto föhrst." Anni is begeistert. In de föfte Stünn kummt se dull inne Bredullje, as ehr een Auto de Vörfohrt nimmt un eenfach wiederföhrt. Korl siene Fullbremsung kann jüss noch 'n Opprall verhinnern. Dor puckert Anni dat Hart bit ton Hals. He beruhigt ehr un meent: „Mit sowat muss reken."

Anni hett allns goot överstohn. De Föhrerschien is ehr ganzer Stolt. De Kinner graleert ehr toierst mit een grooten Rückebusch ut 'n Goorn un wünscht: „ Jummer gode Fohrt!" Otto staunt, em fehlt de Wöör. He hett dor bit toletzt nix vun mitkregen. Nu graleert he ehr ook ganz hartlich un seggt mit ruhiger Stimm: „Anni, dat hess du goot mookt, ik hebb nix dorgegen, dat du nu Auto föhrn kannst." Anni antert tofreden: „Danke, Otto, ik frei mi, dat du dormit inverstohn büst un ik nu ook wull mool an 't Stüür kann."

Twee Doog loter brickt Otto sik bi 'n Sturz den rechten Unnerarm. Arbeiten kann he so nich, Auto un Fohrrad föhrn ook nich. Anni seggt vuller Stolt: „Otto, denn kummt uns dat nu al togoot, dat ik Auto föhrn kann."

Otto gifft lütt bi: „Jo, Anni, keen harr dat dacht!"

Jahrmarkt

Jedes Jahr dasselbe – im Frühjahr und im Herbst ist Jahrmarkt. Für die Kinder ist es jedes Mal ein großes Fest; dann wird das Sparschwein geplündert und los geht es. Meistens gibt es noch extra Taschengeld.

Nico ist fünf Jahre alt; was Jahrmarkt ist, wusste er schon mit vier. Dass es jetzt, im Herbst, wieder so weit ist, weiß er schon, und aufgeregt fragt er seinen Opa, der an diesem schönen Freitagvormittag im Garten beschäftigt ist: „Opa, wann gehen wir zum Jahrmarkt? Der hat gestern angefangen." Mit dieser Frage hat Opa Harm nicht gerechnet. Er überlegt einen Augenblick und antwortet dann: „Ja, mein Junge, ich weiß, das hat noch Zeit bis übermorgen, wenn Sonntag ist, so lange dauert der Jahrmarkt noch." Aber damit kommt er bei Nico nicht an. Der antwortet kurz und bestimmt: „Da will ich heute Nachmittag mit dir hin." Harm versucht, ihn wenigstens bis zum nächsten Tag zu vertrösten und sagt: „Heute Nachmittag habe ich noch was anderes zu tun, was wichtiger ist."

Nico gibt nicht nach und stellt fest: „Was Wichtigeres als Jahrmarkt gibt es nicht!" Harm erklärt ihm: „Das geht nicht anders, ich muss heute Nachmittag zum Zahnarzt."

„Da kannst du hingehen, wenn der Jahrmarkt vorbei ist", belehrt Nico ihn.

Johrmarkt

Jedes Johr dat sülvige – in Fröhjohr un in Harvst is Johrmarkt. För de Kinner is dat jeedsmool 'n grootet Fest; denn warrt dat Sporschwien plünnert un los geiht dat. Meistiet gifft dat noch exstro Taschengeld.

Nico is fief Johr old; wat Johrmarkt is, wuss he al mit veer. Dat dat nu, in Harvst, wedder so wiet is, hett he al spitz kregen, un hiddelig froogt he sien Opa, de an düssen schönen Freedagvörmiddag in Goorn togangen is: „Opa, wanneer goht wi non Johrmarkt? De is güstern anfungen." Mit düsse Froog hett Opa Harm nich rekent. He överleggt 'n Ogenblick un antert denn: „Jo, mien Jung, ik weet, dat hett noch Tiet bit övermorgen, wenn Sünndag is, so lang duurt de Johrmarkt noch." Over dormit kummt he bi Nico nich an. De antert kort un förwiss: „Dor will ik vunnomiddag mit di hen." Harm versögt, em tomindst bit ton nöögsten Dag to vertrösten un seggt: „Vunnomiddag hebb ik noch wat anners to doon, wat wichtiger is."

Nico gifft nich no un stellt fast: „Wat Wichtigeres as Johrmarkt gifft dat nich!" Harm verkloort em: „Dat geiht nich anners, ik mutt vunnomiddag non Tähndokter." „Dor kanns du hengohn, wenn de Johrmarkt vörbi is", belehrt Nico em.

Harm überlegt und schlägt vor: „Dann muss Oma mit dir zum Jahrmarkt gehen." Nun wird Nico böse und klagt: „Nein, das will ich nicht, bei Oma darf ich noch nicht mal Karussell fahren. Sie ist immer bange, dass mir was passiert."

Nun zählt er alle Erlebnisse vom letzten Frühjahrsmarkt auf, als er mit Oma dort war, und sagt: „Als sie mir ein Eis gekauft hat, kam gleich hinterher: `Nun iss das nicht so schnell, sonst erkältest du dich´. Als Oma mir fünf Lose, leider alles Nieten, an der Losbude bei Oma Meyer gekauft hat, und ich sie aus dem Eimer mit den Losen nehmen durfte, sagte sie gleich: `Nun lang da nicht so tief rein, sonst können da welche von herausfallen´. Bei der Knackwurst, die Oma mir gekauft hat, sagte sie: `Die lass man noch ein bisschen abkühlen, sonst verbrennst du dir den Mund, und Senf nimm man nicht dazu, da wird man dumm von´."

Harm ist überrascht. Er setzt sich auf die kleine Holzbank neben dem Schuppen und sagt nachdenklich: „Dann will ich mal mit Oma darüber reden." Nico setzt sich neben ihn und jammert: „Das brauchst du nicht, Oma sagt immer so etwas. Als ich zu Jans Geburtstag eingeladen war, sagte sie zu mir: `Nun iss aber nicht so viel, sonst bekommst du Bauchweh´.

Ich habe zu Jans Mama gesagt, als sie mir noch was auf den Teller tun wollte: `Oma hat gesagt, ich soll nicht so viel essen´. Jans Mama hat Oma das sofort wieder erzählt.

Harm överleggt un antert: „Denn mutt Oma mit di non Johrmarkt gohn." Nu warrt Nico füünsch un seggt: „Nee, dat will ik nich, bi Oma dröv ik noch nich ins Korussell föhrn. Se is jummer bang, dat mi wat posseert."

Nu tellt he all siene Beleevnisse vun letzten Fröhjohrsmarkt op, as he mit Oma dor wöör, un seggt: „As se mi 'n Ies köfft hett, kööm glieks achterher: `Nu et dat nich so gau, anners verköhlst du di´. As Oma mi fief Lose, dat wöörn leider all Nieten, an de Losbood bi Oma Meyer köfft hett, un ik de ut den Ammel mit de Lose nehmen dröv, sä se glieks: `Nu lang dor nich so deep rin, anners kunn dor welk vun ruutfalln´. Bi de Knackwust, de Oma mi köfft hett, sä se: `De loot man noch 'n beten afköhln, anners verbrenns du di den Mund, un Semp nehm man nich dorto, dor warrt 'n dumm vun`."

Harm is överrascht. He sett sik op de lütte Holtbank blangen dat Schuur un seggt nodinklich: „Denn will ik mool mit Oma doröver schnacken." Nico sett sik blang em un jammert: „Dat bruuks du nich, Oma seggt jummer so wat. As ik to Jan sien Geburtstag inlood wöör, sä se to mi: `Nu et over nich so veel, anners kriggst Buukweh´. Ik hebb to Jan siene Mama seggt, as se mi noch wat up 'n Töller doon wull: `Oma hett seggt, ik schall nich so veel eten´. Jan siene Mama hett Oma dat foorts wieder vertellt.

Da sagte Oma zu mir: ˋDu musst nicht alles nachsagen, was ich dir erzähleˊ. – Ich will nur mit *dir* zum Jahrmarkt. Den Zahnarzt kannst du doch umbestellen. Die Zähne tun dir doch gar nicht weh, hast du gestern zu Oma gesagt.“ Nico weint beinahe. Harm staunt, nimmt seinen Enkelsohn in den Arm und meint nachdenklich: „Nein nein, weh tun sie mir nicht, aber sie müssen wieder nachgesehen werden, es ist an der Zeit.“

Er überlegt, womit er Nicos Laune umstimmen kann und erklärt mit ruhiger Stimme: „Oma ist aber doch gut zu dir, und sie meint es doch auch gut mit dir. Oma hat dich genauso lieb, wie ich dich liebhabe, mein Junge.“

Nach einer kleinen Pause antwortet Nico: „Ja, das weiß ich, aber Oma denkt immer, ich bin noch ein kleines Kind, das bin ich nicht mehr.“ „Nein nein, das bist du nicht mehr, du bist nun ein großer Junge“, bestätigt Harm. Nun ist Nico schon besser zuwege. Harm kann sich gut in die kleine Kinderseele einfühlen und sagt: „Morgennachmittag gehe ich mit dir zum Jahrmarkt. Den Zahnarzt kann ich nicht umbestellen, und Oma nehmen wir auch mit. Weil du ein großer, kluger Junge bist, kannst du auch begreifen, dass das heute nicht geht.“ Nun achtet Harm auf Nicos Reaktion. Er merkt, dass sein Gehirn arbeitet. Nico denkt darüber nach. Ja, ein großer, kluger Junge bin ich. Dann sagt er: „Opa, du musst mir versprechen, dass wir morgen zum Jahrmarkt gehen.“ „Versprochen!“

Do sä Oma to mi: ´Du muss nich allns noseggen, wat ik di vertell`. – Ik will bloots mit *di* non Johrmarkt. Den Tähndokter kanns du doch umbestelln. De Tähn doot di doch gornich weh, hess du güstern to Oma seggt." Nico weent meist. Harm staunt, nimmt sien Enkelsöhn in Arm un meent deepdenkernd: „Nee nee, weh doot se mi nich, dat nich, over se mööt wedder nosehn warrn, dat is nu anne Tiet." He överleggt, woans he Nico siene Luun mit umstimmen kann un verkloort mit ruhiger Stimm: „Oma is over doch goot to di, un se meent dat doch ook goot mit di. Oma hett di jüss so leev, as ik di leev hebb, min Jung".

No ´n lütte Paus antert Nico: „Jo, dat weet ik, over Oma dinkt jummer, ik bün noch ´n lüttet Kind, dat bün ik nich meer." „Nee nee, dat büs du nich meer, du büs nu een grooten Jung", verkloort Harm. Nu is Nico al beter toweg. Harm kann sik goot in de lütte Kinnerseel rinföhlen un seggt: „Morgennnomiddag goh ik mit di non Johrmarkt. Den Tähndokter kann ik nich umbestelln, dat geiht nich, un Oma nehmt wi ook mit. Wieldat du nu een grooten, kloken jung büs, kanns du ook begriepen, dat dat vundoog nich geiht." Nu acht Harm op Nico siene Reakschoon, he markt, dat sien Brägenkassen in Gang kummt. Nico dinkt dor över no. Jo, ´n grooten Jung bün ik un klook bün ik ook. Denn seggt he: „Opa, du muss mi verspreken, dat wi morgennomiddag non Johrmarkt goht." „Versproken!"

Nach einer kurzen Mittagspause holt Harm seinen schwarzen Benz, der schon 15 Jahre alt ist, aus der Garage, die früher mal ein Schweinestall war. Die drei Kilometer zu laufen ist doch ein bisschen weit. Es ist noch früh am Tage, erst halb drei. Sie finden noch einen guten Parkplatz. Grete hat ihre etwas größere braune Handtasche mit, in der ein Schirm ist, eine große Geldbörse und einige andere Teile, die sie so mit sich rumschleppt. Harm hat einen grauen Hut auf dem Kopf, der vor der Sonne schützt.

Als sie auf dem Festplatz ankommen, sagt Grete schon gleich wieder ängstlich: „Nico, nun fass mich man an der Hand an, damit wir dich nicht verlieren bei all dem Trubel." Nico sagt nur ein Wort: „Oooomaaaa!"

Harm meint: „Lass den Jungen man zufrieden, soviel ist noch nicht los, den verlieren wir schon nicht, so groß ist der Platz nicht."

Viele Kinder sind hier, die Kleinen in Begleitung von Erwachsenen, die Größeren meistens in Gruppen oder einzeln.

Harm schlägt vor: „Wir machen erst mal einen Rundgang über den Platz und sehen uns alles an."

Nico ruft auf einmal: „Seht mal, da sind Niels und Jens aus dem Kindergarten!" Und er läuft zu ihnen hin. De beiden sind mit Niels Patentante Lea und ihrer Schwester Tina hier. Nun haben die Kinder es eilig zum Kinderkarussell zu kommen.

No 'n korte Middagspause hoolt Harm sien schwarten Benz, de al föfteihn Johr olt is, ut de Gerosch, de fröher mool 'n Schwienskoben ween is. De dree Kilometer to lopen is doch 'n beten wiet. Dat is noch fröh an Dag. Se finnd noch 'n gooden Parkplatz. Grete hett ehre 'n beten grötere brune Handtasch mit, wo 'n Schirm in is, un groote Knieptasch un eenige annere Dinge, de se so mit sik rumschleept. Harm hett 'n griesen Hoot op'n Kopp, de vör de Sünn schuult.

As se op den Festplatz ankoomt, seggt Grete al glieks wedder banghaftig: „Nico, nu foot mi man anne Hand an, dormit wi di nich verleert bi al den Truvel." Nico seggt bloots een Woort: „Oooomaaaa!"

Harm meent: „Loot den Jung man tofreden, so veel is noch nich los, den verleert wi al nich, so groot is de Platz nich."

Veele Kinner sünd dor, de Lütten mit jümehr Grooten Oppasser un de Gröteren meist in Gruppen orer enkelt. Harm schleit vör: „Wi mookt ierstmool 'n Rundgang över 'n Platz un kiekt uns allns an."

Nico röppt mit mool: „Kiek ins, dor sünd Niels un Jens ut 'n Kinnergoorn!" Un he löppt no jüm hen. De beiden sünd mit Niels siene Patentante Lea un ehre Süster Tina hier. Nu hebbt de Kinner dat hild, no 't Kinnerkorussell to komen.

Die Pferde und die Feuerwehrautos haben es ihnen angetan. Schon sitzt jeder auf einem Pferd. Lea kauft sechs Fahrchips, für jeden zwei, für eine Runde auf dem Pferd und eine Runde im Auto. Alle Plätze sind mit aufgeregten Kindern besetzt. Das ist ein Spaß! Es wird begeistert gelacht und gehupt und gerufen und geschrien. Susi und ihre Freundin Moni, beide vier Jahre alt, sitzen in einer Kutsche mit zwei Ponnys davor. Susi fängt auf einmal laut an zu heulen, weil ihr Teddy Muckel, den sie immer bei sich hat, runter gefallen ist und nun zwischen den Füßen der Ponnys liegt. Ihre Oma Anni bekommt das mit und läuft schnell zu ihr hin um zu helfen. Als sie das Karussell betreten hat, setzt es sich auch schon in Bewegung. Anni kann sich gerade noch an der Mähne eines Ponnys festhalten. Nun muss sie die Runden in dieser krummen Stellung aushalten. Durch den Wind und den Fahrtwind vom Karussell weht ihr der weite, graue Faltenrock fast über den Kopf, und jeder kann sehen, dass sie eine weiße Unterhose mit selbst gehäkelten Spitzen trägt. Im Spitzen Häkeln macht ihr niemand etwas vor. Den Teddy hat Susi von Tom, dem Karussell–Helfer, sofort wiederbekommen. Eigentlich muss Anni für diese Tour auch Fahrgeld bezahlen, aber der Chef winkt schmunzelnd ab: „Das war eine piekfeine Ehrenrunde. Das war Spitze!"
Darüber wird noch lange gelacht.

De Peer un de Füürwehrautos hebbt jüm dat andoon. Bumms sitt ook al jedereen op een Peerd. Lea köfft süss Fohrchips, för jeden zwee, för eene Runde op 'n Peerd un eene Runde in Auto. All Plätze sünd mit hiddelige Kinner besett. Dat is een Spooss! Hier warrt vör luuter Spijök jucht un huupt un göölt un bolkt. Susi un ehre Fründin Moni, beide veer Johr old, sitt in eene Kutsche mit twee Ponnys dorvör. Susi fangt op mool luut an to huuln, wieldat ehr Teddy Muckel, den se jummer bi sik hett, runner fulln is un nu mang de Fööt vun de Ponnys liggt. Ehre Oma Anni kriggt dat mit un loppt gau no ehr hen, um to hölpen. As se just op dat Korussell is, sett sik dat ook al in Bewegung. Anni kann sik gau noch an de Maan vun een Ponny fastholln. Nu mutt se de Runden in düsse krummbuckelige Hollfaststeed utstohn. Dör den Wind und den Fohrtwind vun dat Korussell weiht ehr de wiede, griese Faltenrock meist bit övern Kopp, un jedereen kann sehn, dat se 'n witte Ünnerbüx mit sülvsthäkelte Spitzen anhett. In Spitzen Häkeln mokt er nüms wat vör.

Den Teddy hett Susi vun Tom, den Korussellhelper, foorts wedderkregen. Egentlich müss Anni för düsse Tour ook Fohrgeld betohln, over de Chef winkt schmuusternd af. „Dat wörr 'n püükfeine Ehrenrunde. Dat würr Spitze!"

Doröver warrt noch lang lacht.

Nun haben die drei Kinder die Autoskooter entdeckt. Sie können die Zeit nicht abwarten, einen Skooter zu bekommen. Nachdem Harm die Fahrchips an der Kasse gekauft hat, sitzen Niels und Lea zuerst in einem und dann Jens und Tina. Nico sitzt auch schon in einem, nur mit Harm geht es nicht so schnell. Er muss erst mal sein Gleichgewicht auspendeln und sich festhalten, aber dann kommt er doch nach dem dritten Anlauf ein bisschen mühevoll neben Nico zum Sitzen, weil die Kinder nicht ohne Begleitung eines Erwachsenen fahren dürfen. Den Hut hat er Grete noch schnell in die Hand gedrückt, da kann er nicht zu Schaden kommen, so meint er.

Nachdem der Helfer die Fahrchips angenommen hat, ist die Fahrt freigegeben. Nico hat das Steuer fest im Griff und jagt los. Es rasselt und ruckelt gewaltig. Harm hält sich mit beiden Händen an der Vorderfront fest und sieht ängstlich auf die Bahn. Nico guckt ihn von der Seite an und meint: „Opa, wenn dir das zu doll wird, musst du das sagen, dann fahre ich vorsichtiger."

Harm antwortet etwas aufgeregt: „Ach nein, mein Junge, aber schneller darf das nicht werden." Hier stellt sich die Frage, wer auf wen aufpasst: Harm auf Nico oder Nico auf Opa. Grete steht ein bisschen seitlich und lässt die beiden nicht aus den Augen. Sie ist aufgeregt. Ihre unruhigen Finger gehen hin und her. Sie hält Harms Hut fest und mal nicht so fest in der Hand.

Nu sünd de dree Jungs de Autoskooter wies worrn. Se köönt de Tiet nich aftöven, een Skooter foot to kriegen. Nodem Harm de Fohrships anne Kass köfft hett, sitt Niels un Lea toierst in een un denn Jens un Tina. Nico sitt ook al in een, bloots mit Harm geiht dat nich so gau. He mutt ierstmool sien Gliekgewicht utpendeln un sik fastholln, over denn kummt he doch non dritten Anloop ´n beten unkommodisch blangen Nico to sitten, wieldat de Kinner nich ohn ´n grooten Oppasser föhrn drövt. Den Hoot hett he Grete noch gau inne Hand drückt, dor kann de nich to Schoden komen, so meent he. Nodem de Helper de Fohrships annohmen hett, is de Fohrt freegeben. Nico hett dat Stühr fast in Griff un jogt los. Dat rötert un stött bannig. Harm hollt sik mit beide Hannen an de Vörfront fast un kickt banghaftig op de Bohn. Nico pliert em vun de Siet an un meent: „Opa, wenn di dat to dull warrt, muss dat seggen, denn föhr ik sutjer.“

Harm antert ´n beten jiddelig: „Och nee, mien Jung, over duller dröv dat nich warrn.“ Hier stellt sik de Froog, keen op wend oppasst: Harm op Nico orer Nico op sien Opa. Grete steiht ´n beten anne Siet un lett de beiden nich ut de Ogen. Se is mächtig opgeregt. Ehre hiddeligen Finger goht hen un her. Se hollt Harm sien Hoot mool fast un mool nich so fast inne Hand.

Als ein kleiner Windstoß kommt und ein paar junge Leute sie aus Versehen etwas anstoßen, ist Harms Hut auf einmal weg. Grete hat das gar nicht gemerkt. Sie ist froh, dass alle endlich wieder aussteigen und alles gutgegangen ist. Harm ist etwas schwindelig, aber Nico kommt freudestrahlend an und sagt: „Oma, ich glaube, Opa hatte Angst, aber ich war ja bei ihm, da konnte nichts passieren."

Die drei Kinder laufen voraus zur Eisbude, während Lea und Tina sich Grete und Harm anschließen, weil sie sich gut kennen. Bei der Eisbude stehen Stühle und Tische. Es ist noch genug Platz für alle. Hier kann man sich ein bisschen ausruhen. Harm kauft für jeden ein Eis. Die drei Jungens und Lea und Tina bekommen jeder ein großes Eis mit Sahne. Grete und Harm nehmen nur ein kleines mit Sahne.

„Das reicht, sonst erkälten wir uns noch", meint Grete. Lea sieht unterm Tisch einen Hut liegen, der ein paar Beulen aufweist, aber sonst keinen Schaden genommen hat. Sie nimmt ihn auf mit den Worten: „Wer den wohl verloren hat?" Als Grete den Hut sieht, erschrickt sie sehr und ruft: „Das ist ja Harms Hut, wie kommt der hierher, wieso habe ich ihn verloren?"

Lea meint: „Das war wohl der Wind."

As een lütten Windstoot kummt un ´n poor junge Lüüd ehr utversehn ´n beten anstööt, is Harm sien Hoot mit eenmool weg. Grete is dat gornich wies worrn. Se is froh, as alle endlich ut den Skooter utstiegt un allns goot gohn is. Harm is ´n beten kopplastig, over Nico kummt freidestrohlend an un seggt: „Oma, ik gleuf, Opa is bang ween, over ik wöör jo bi em, dor kunn nix posseern.“

De dree Kinner loopt vörruut no de Iesbood, wieldess Lea un Tina sik Grete un Harm anschluut, wieldat se sik goot kennt. Bi de Iesbood stoht Stöhl un Dische. Dor is noch Platz noog för alle. Hier kann ´n sik ´n beten utrohn. Harm köft för jeden een Ies. De dree Jungs un Lea un Tina kriegt ´n grootet Ies mit Sahne, Grete un Harm nehmt bloots ´n lüttet mit Sahne.
„Dat reckt, anners verköhlt wi uns noch“, meent Grete. Lea süht unnern Disch un Hoot liggen, de ´n poor Buulen opwiest, over anners keen Schoden nohmen hett. Se nimmt em op mit de Wöör: „Keen den wull verloren hett?“ As Grete den Hoot sütt, verjoogt se sik bannig un roppt: „Dat is jo Harm sien Hoot, wie kummt de hierher, woso hebb ik em verlorn?“
Lea meent: „Dat wöör wull de Wind.“

Harm staunt, besieht sich seinen Hut, beult ihn aus, setzt ihn gleich auf den Kopf und sagt zu Grete hingewandt: „Du hast bei der Aufregung wohl gar nicht gemerkt, dass er dir aus der Hand gefallen ist, aber nun habe ich ihn ja wieder."
Das Eis hat gut geschmeckt.

Nun schlendert die Gruppe über den Platz. Hanne Meyer sitzt so wie jedes Jahr auf einem Stuhl neben ihrer Losbude, weil sie nicht mehr gut zu Fuß ist. Ihr Sohn Hans geht ihr fix zur Hand. Hanne Meyer und ihre Losbude sind ein fester Bestandteil auf dem Jahrmarkt. Sie ist bei den Besuchern bekannt und beliebt. Sie lächelt jeden an und verkauft viele Lose. Alle drei Jungens dürfen sich fünf Lose kaufen und aus dem Los–Eimer nehmen. Grete hält sich zurück und sagt gar nichts. Die meisten Lose sind Nieten, aber ein Hauptgewinn ist dabei, und den hat Nico gezogen. Das ist ein riesengroßer brauner Plüsch–Elefant mit einem langen Rüssel. Der Elefant ist größer als Nico.
Er reicht ihn gleich seinem Opa, der ihn nun trägt.
Niels und Jens haben auch was gewonnen, Niels eine Wasserpistole, aber Wasser ist nicht drin – noch nicht, und Jens hat einen Lachsack gewonnen. Wenn er auf den Knopf drückt, dann lacht der laut los. Er drückt oft auf den Knopf, besonders dann, wenn Leute vorbei gehen, die sich dann erschrecken und laut mitlachen.

Harm staunt, bekickt sik sien Hoot, buult em ut, sett em glieks op 'n Kopp un seggt no Grete towendt: „Du hess bi de Opregung wull gor nich markt, dat he di ut de Hand fulln is, over nu hebb ik em jo wedder."

Dat Ies hett goot schmeckt.

Nu schlennert de Grupp övern Platz. Hanne Meyer sitt so as jedes Johr op 'n Stohl blang ehre Losbood, wieldat se nich meer goot to Foot is. Ehr Söhn Hans geiht ehr fix to Hand. Hanne Meyer un ehre Losbood sünd 'n fasten Bestanddeel op 'n Johrmarkt. Se is bi de Besöker bekannt un beleevt. Se lächelt jeedeen an un verkööfft masse Lose. All dree Jungs drövt sik fief Lose köpen un ut den Losammel nehmen. Grete hollt sik trüch un seggt gor nix. De meersten Lose sünd Nieten, over een Hauptgewinn is dorbi, un den hett Nico togen. Dat is 'n riesengrooten bruun Plüschelefant mit 'n langen Rüssel. De Elefant is grötter as Nico.

He langt em glieks sien Opa hen, de em nu driggt.

Niels un Jens hebbt ook wat wunn, Niels 'n Woterpistool, over Woter is dor nich in – noch nich, un Jens hett'n Lachsack wunn. Wenn he op 'n Knoop drückt, denn lacht de luut los. He drückt foken op 'n Knoop, sünners, wenn Lüüd vörbi goht, de sik denn bannig verfehrt un luuthals mit lacht.

Hanne Meyer hat auch ihren Spaß daran und freut sich mit den Kindern.

Jetzt geht es weiter. Als sie zum Wurststand kommen, gibt es noch für jeden eine Knackwurst. Stolz hält auch Nico seine Wurst in der Hand. Gerade jetzt kommt Hund Struppi vorbei, der alleine unterwegs ist, die Wurst vor der Nase, beißt er schnell im Vorbeilaufen einen großen Happen von Nicos Wurst ab. Erschrocken sieht Nico sich um, aber Struppi ist längst weg und Nicos halbe Wurst auch. Weil inzwischen viele Leute auf dem Jahrmarkt sind, konnte der Hund so schnell entkommen. Die anderen haben das gar nicht gemerkt, nur Harm hat es gesehen und konnte ihn als Terriermix identifizieren. Über diesen Zwischenfall gibt es nun erst mal was zu lachen. Die Jungens albern herum, und jeder will es Struppi nachmachen und von der Wurst des anderen abbeißen.

Der Rundgang über den Jahrmarkt ist zu Ende und Lea sagt: „Nun haben wir alles gesehen und viel erlebt. Es ist schon ziemlich spät und Zeit, nach Hause zu gehen."
Die Kinder wollen noch nicht so recht, obwohl sie schon müde sind, aber dann trennt sich die Gruppe doch
Grete und Harm gehen mit Nico über den Markt zurück zum Parkplatz. Sie kommen an einem Süßigkeitenstand vorbei.

Hanne Meyer hett ook ehrn Spooss doran un freit sik mit de Kinner.

Nu geiht dat wieder. As se anne Wustbood koomt, gifft dat noch för jeedeen 'n Knackwust. Stolt hollt ook Nico siene Wust inne Hand. Jüss nu kummt Hund Struppi vörbi, de alleen unnerwegens is, de Wust vör de Nees, bitt he gau in Vörbilopen 'n ornigen Enn vun Nico siene Wust af. Verjoogt kickt Nico sik um, over Struppi is lang weg un Nico siene halbe Wust ook. Wieldat intwüschen al veele Lüüd op 'n Johrmarkt sünd, kunn de Hund gau wegkommen. De annern sünd dat ierst gor nich wies worrn, bloots Harm hett dat sehn un kunn em as Terriermix utmoken. Över düssen Twüschenfall gifft dat nu ierstmool wat to Lachen. De Jungs albert rum, un jeder will Struppi dat nomoken un vun den annern siene Wust afbieten.

De Rundgang övern Johrmarkt is to Enn un Lea seggt: „Nu hebbt wi allns sehn un veel beleevt. Dat is al teemlich loot un Tiet, no Huus to gohn."

De Kinner wüllt noch nich so recht, liekers se ook al mööd sünd, over denn trennt sik de Grupp doch.

Grete un Harm goht mit Nico över den Markt trüch non Parkplatz. Se koomt an een Söötigkeitenstand vörbi.

Nico meint: „Wir müssen Mama und Papa noch etwas mitbringen, Mohrenköpfe und Zuckerstangen und so was." Aber in Wirklichkeit meint er sich selbst damit. Harm hat ihn wohl verstanden und kauft dann auch noch für alle ein paar Sachen. Nun gehen sie zum Parkplatz. Harm fragt seinen Enkel: „Nico, bist du nun zufrieden mit dem Jahrmarkt?"

„Ja Opa", sagt Nico kurz und bündig.

Als Harm mit dem alten Benz auf den Hof fährt, sind Nicos Eltern schon zu Hause, und Waldi läuft ihnen entgegen. Die Eltern staunen über den großen Elefanten. Den weiß Nico noch gar nicht unterzubringen. Der muss erst mal in der Stube auf dem Sofa sitzen. Nico erzählt seinen Elten überschwänglich von den Erlebnissen auf dem Jahrmarkt.

In dieser Nacht träumt er gewiss davon.

Nico meent: „Wi mött Mama un Papa noch wat mitbringen, Mohrenköpp un Zuckerstangen un sowat." Over in Würklichkeit meent he sik sülfs dormit. Harm hett em wull verstohn un köfft denn ook noch för alle'n poor Soken. Nu goht se non Parkplatz. Harm froogt sien Enkel: „Nico, büs du nu tofreden mit den Johrmarkt?"

„Jo Opa", seggt Nico kött un bünnig.

As Harm mit den olen Benz op 'n Hoff föhrt, sünd Nicos Öllern al to Huus, un Waldi löppt jüm inne Mööt. De Öllern staunt över den grooten Elefant. Den weet Nico noch gor nich unnertobringen. De mutt ierstmool inne Stuuv op 'm Sofa sitten. Nico vertellt siene Öllern överschwenglich vun de Beleevnisse op 'n Johrmarkt.

In düsse Nacht drööömt he förwiss dorvun.

Mein Hund Knopf

Die Küchentür geht auf und rein kommt Nachbarjunge Max, vier Jahre alt, ein richtiger Strahlemann. Er kommt nicht alleine, er hat etwas im Arm, etwas wollig Braunes. „Das ist Knopf, mein Hund, den haben wir gestern gefunden", sprudelt es aus ihm heraus. In der Tür steht nun auch seine Mama Gitta und erklärt: „Knopf ist ein Findelkind. Irgendjemand hat diesen kleinen Welpen an der Chaussee ausgesetzt. Max wollte ihn dir unbedingt vorstellen." Knopf schmiegt sich eng an Max an. Er sucht nach seiner Mama. „Er trinkt Milch und laufen kann er auch", sagt Max voller Freude und setzt ihn vorsichtig auf den Fußboden nieder. Zögerlich sieht Knopf sich um.
Und warum heißt er Knopf"? fragt Nachbarin Marie freundlich. Max antwortet: „Weil wir den Knopf von meiner Jacke gesucht haben, den ich verloren hatte." „Ja", sagt Gitta, „und gefunden haben wir diesen niedlichen kleinen Hund, der ängstlich im Busch am Fußweg winselte. Da war niemand, dem er wohl gehören könnte. Wir haben ihn gleich mitgenommen und ihn in unser Herz geschlossen. Er heißt Knopf, weil wir einen Knopf gesucht haben. Den Knopf von der Jacke haben wir auch noch gefunden, der lag daneben."

Mien Hund Knoop

De Köökendöör geiht open un rin kummt Noverjung Max, veer Johr olt, een richtigen Strohlemann. He kummt nich alleen. He hollt wat in Arm, wat wullig Brunes. „Dat is Knoop, mien Hund, den hebbt wi güstern funn", sprudelt dat ut em rut. Inne Döör steiht nu ook siene Mama Gitta un verkloort: „Knoop is een Findelkind. Jichtenseen hett düssen lütten Welpen anne Chaussee utsett. Max wull em di unbedint vörstellen." Knoop musselt sik eng an Max an. He söcht no siene Mama. „He drinkt Melk un lopen kann he ook", seggt Max vuller Freid un sett em suttje op ´n Footbodden dool. Tögerich kikt Knoop sik um.

Un worum heet he Knoop"? froogt Noversch Morie leeflich.

Max antert: „Wieldat wi den Knoop vun miene Jack söcht hebbt, den ik verloren harr." „Jo", seggt Gitta, „un funn hebbt wi düssen nüütlichen lütten Hund, de banghaftig in Busch an Footweg winseln dä. Dor wöör nums, de em wull tohörn kunn. Wie hebbt em glieks mitnohmen un em in unse Hart schloten. He heet Knoop, wieldat wi ´n Knoop söcht hebbt. Den Knoop vun de Jack hebbt wi ook noch funn, de leeg dor blang an."